Oodgeroo Noonuccal · Stradbrokes Traumzeit

Oodgeroo Noonuccal

Stradbrokes Traumzeit

Geschichten

Aus dem Englischen
von Maria von der Ahé

Edition Isele

Stradbroke

Einst war Stradbroke eine Insel voller Naturschönheiten: am weit entfernten anderen Ende der Insel lagen die Felsen *Point Lookout*, gegen deren Sockel das Meer seine brodelnde Gischt spritzte, und Farne und Blumen blühten in Hülle und Fülle. So weit das Auge reichte, erstreckten sich endlose Kilometer weißen Sandes, die der wogende Pazifische Ozean täglich umspülte.

Vor vielen Jahren lebte meine Familie – meine Aboriginal-Familie – auf Stradbroke Island. Lange bevor diese habgierigen Menschen kamen, um nach Bodenschätzen zu suchen, die Landschaft zu zerfurchen und die Ursprünglichkeit dieser wunderschönen Insel zu zerstören. Ich erinnere mich an unsere Ausflüge zum *Point Lookout.* Schon im Morgengrauen sattelte mein Vater die Pferde. Wir ritten ein Stück an der Küste entlang und schwenkten dann ins Landesinnere, um die mit blühenden Kiefern, Akazien und Eukalyptus bewachsenen Hügel zu erklimmen. Die Wildpferde beobachteten uns stets aus sicherer Distanz. Diese wilden Pferde mißtrauten ihrem Widersacher, dem Menschen. Sie drückten sich warnend an ihre Fohlen, damit sie ihrem Feind nicht zu nahe kamen.

Wir freuten uns über die Muscheln, die das Meer anspülte. Manchmal fanden wir auch fremdartige kleine, maßstabgetreue und kunstvoll geschnitzte Auslegerboote. Vater erzählte uns, daß einige unserer Nachbarn im nördlichen Australien zu ihrem Gott beteten, damit er ihren Fischfang segnen möge. Sie warfen diese Schiffsmodelle ins Meer, um die Wellen zu besänftigen.

Ein Erlebnis entzückte uns immer sehr. Wenn wir am *Point Lookout* ankamen, banden wir unsere Pferde außer Sichtweite fest und bezogen Stellung hinter den kleinen Sandhügeln, die die ganze Küste überzogen. Wir legten uns der Länge nach auf den Bauch und warteten still darauf, daß die wunderschönen Nautilus-Muscheln aus dem Meer auftauchten. Sie sahen aus wie kleine Schiffchen unter vollen Segeln. Ihre trompetenartigen Muschelschalen entfalteten vor dem Wind mauvefarbene Segel, die die Sonnenstrahlen einfingen und wie Satin leuchteten. Wir erfreuten uns an diesem Anblick in dem Bewußtsein, daß er nicht lange dauern würde, denn beim geringsten Laut zogen diese scheuen Kreaturen ihre Satinsegel ein und fielen wie Steine auf den sicheren Meeresgrund zurück.

Jetzt ist alles anders auf der Insel. Die Zivilisation und die menschliche Habsucht haben unsere scheuen Nautilus-Muscheln vertrieben. Autos überziehen das Land mit ihren Abgasen, und der Industrielärm übertönt jeden anderen Lebenston. Die Maschinen der Menschen haben das, was war, zerstückelt, verstümmelt und zerstört.

Stradbroke stirbt. Die Vögel und Tiere verschwinden. Die Bäume und Blumen werden zurückgedrängt und sterben. Touristen kommen, um Sonne zu tanken und im blauen Pazifik zu baden, und wenn sie gehen, lassen sie überall ihre leeren Dosen, Zigarettenpäckchen und Flaschen herumliegen, ja sogar ihre Autowracks.

Gierig, gedankenlos, dumm und ignorant setzt der Mensch seinen Angriff gegen die Natur fort. Aber auch er wird leiden. Seine rücksichtslosen Bulldozer schaufeln ihm sein eigenes Grab.

Oodgeroo
(Papierrindenbaum)

In der neuen Traumzeit lebte eine Frau, eine Aboriginal, die sich nach ihrem verlorenen Stamm sehnte und nach den Geschichten, die ihren Leuten gehört hatten, denn sie konnte sich nur an die Geschehnisse aus ihrer eigenen Traumzeit erinnern. Die alte Traumzeit hatte die Geschichten gestohlen und versteckt. Die Frau wußte, daß sie die alten Geschichten suchen mußte – dann würde sie vielleicht auch ihren Stamm wiederfinden.

Bevor sie sich aufmachte, suchte sie ihren Grabstock und ihren Vorratsbeutel, aber die Zeit hatte auch diese Dinge gestohlen. Sie fand einen Zuckersack, den die Ameisen verschont hatten und den die Zeit vergessen hatte zu zerstören; den nahm sie auf und trug ihn bei sich, wo immer sie ging. Die Zeit lachte sie wegen ihrer Bemühungen aus und hielt den neuen Vorratssack für nutzlos.

Eines Tages kam die Frau auf ihrer Suche an einer erloschenen Feuerstelle vorbei, wo ihr eigener Stamm vor langer Zeit ein Feuer entfacht hatte. Tränen stiegen ihr in die Augen, denn sie hatte so große Sehnsucht nach ihrem Stamm und fühlte sich sehr einsam. Sie setzte sich neben die Asche und ließ ihre Finger durch die Überreste des Feuers gleiten, das einst hier gebrannt hatte. Und wie sie so in die Asche sah, rief sie Biami, den Allvater, an, daß er ihr helfen möge, ihren Stamm wiederzufinden.

Biami wies sie an, zu den Papierrinden-Bäumen zu gehen und sie um ein wenig Rinde zu bitten. Die Papierrinden-Bäume mochten diese Frau, die ihren Stamm verloren hatte, und sie gaben ihr ihre Rinde. Sie wußten, daß sie nicht gierig war und nicht mehr nehmen würde, als sie brauchte. Sie tat die Rinde in ihren Vorratssack.

Dann wies Biami sie an, zu der erloschenen Feuerstelle ihres Stammes zurückzukehren, alle verkohlten Zweige einzusammeln und auch diese in ihren Vorratssack zu packen – das sollte sie von nun an jedesmal tun, wenn sie an der erloschenen Feuerstelle eines ausgestorbenen Stammes vorbeikam.

Die Zeit verstand nicht, was die Frau tat, und beschloß ihr zu folgen.

Die Frau reiste weit durch das Land, und jedesmal, wenn sie an die erloschene Feuerstelle eines ausgestorbenen Stammes kam, sammelte sie die verkohlten Zweige ein. Zum Schluß, als ihr Vorratssack voll war, ging sie zu den geheimen Traumzeit-Plätzen der alten Stämme. Sie ruhte sich aus und rief Biami nochmals an und bat ihn, ihr zu helfen, sich an die alten Geschichten zu erinnern, damit sie durch sie ihren Stamm vielleicht wiederfinden würde.

Biami mochte diese Frau und zeigte ihr einen Weg auf, wie sie die Geschichten und ihren Stamm wiederfinden könnte. Die Frau setzte sich sodann nieder und zog die verkohlten Zweige, die sie an den Feuerstellen gesammelt hatte, aus ihrem Vorratssack und breitete die Rinde flach vor sich aus. Sie fuhr mit den Zweigen über die Rinde und entdeckte, daß sie Zeichen auf der Oberfläche hinterließen.

So saß sie viele Jahre lang und zeichnete die Geschichten der lang zerstreuten und ausgestorbenen Stämme auf der Papierrinde auf, bis sie alle verkohlten Überreste, die sie eingesammelt hatte, aufgebraucht hatte und ihr Sack leer war. Auf diese Weise rief sie die Geschichten der alten Traumzeit zurück und trat durch sie in das alte Leben der Stämme ein.

Und als die Papierrinden-Bäume das nächste Mal die Luft mit dem Duft ihrer süßen, nach Honig riechenden Blüten füllten, nahmen sie die Frau als Stammesschwester auf, damit sie nie wieder ohne Papierrinde sein sollte, die sie für ihre Arbeit brauchte.

Sie nannten sie Oodgeroo. Und dies ist die Geschichte, wie Oodgeroo ihren Weg zurück in die alte Traumzeit fand. Jetzt ist sie glücklich, denn sie kann jederzeit mit den Stämmen reden – wann immer sie möchte. Die Zeit hat ihre Macht über sie verloren, weil Biami es so wollte.

Der Beginn des Lebens

In der Traumzeit lag die Erde in tiefem Schlaf. Nichts wuchs. Nichts bewegte sich. Alles war ruhig und still. Die Tiere, Vögel und Reptilien lagen unter der Erdkruste und schliefen.

Eines Tages erwachte die Regenbogenschlange aus ihrem Schlummer und bahnte sich einen Weg durch die Erdkruste, wobei sie die Steine beiseite schob, die ihr im Wege lagen.

Als sie sich durchgezwängt hatte, blickte sie um sich und zog in allen Richtungen durch das Land. Sie reiste weit und weiter, und wenn sie müde wurde, rollte sie sich zusammen und schlief. Sie hinterließ schlingernde Spuren auf der Erde und den Abdruck ihres schlafenden Körpers. Nachdem sie die ganze Erde bereist hatte, kehrte sie an ihren Ursprungsort zurück und rief den Fröschen zu: »Kommt heraus!«

Die Frösche brauchten lange, um unter der Erdkruste hervorzukommen, denn ihre Bäuche waren schwer vom Wasser, das sie während ihres Schlafes dort gelagert hatten. Die Regenbogenschlange kitzelte ihre Bäuche, und als die Frösche lachten, floß das Wasser über die Erde und füllte die Spuren auf, die die Regenbogenschlange auf ihrer Wanderung hinterlassen hatte – und so entstanden die Seen und die Flüsse.

Daraufhin wuchs das Gras, und Bäume sprossen hervor, und so begann das Leben auf der Erde.

Alle Tiere, Vögel und Reptilien erwachten und folgten der Regenbogenschlange, der Mutter des Lebens, durch das Land. Sie waren glücklich auf der Erde, und ein jedes lebte und jagte mit seinem eigenen Stamm. Die großen und kleinen Känguruh- und die Emustämme lebten in den Ebenen. Die Reptilien-Stämme lebten zwischen den Felsen und Steinen, und die Vogel-Stämme flogen durch die Lüfte und lebten in den Bäumen.

Die Regenbogenschlange erließ Gesetze, die alle befolgen sollten, aber einige waren streitsüchtig und wurden zu Unruhestiftern. Die Regenbogenschlange schimpfte mit ihnen und sagte: »Jene, die meine Gesetze achten, will ich großzügig belohnen. Ich werde ihnen einen menschlichen Körper geben. Sie, ihre Kinder und ihre Kindeskinder sollen diese Erde für immer bewohnen. Dies soll ihr Land sein. Jene aber, die meine Gesetze mißachten, werde ich bestrafen. Sie werden zu Steinen werden und nie mehr über diese Erde wandern.«

So wurden die Gesetzesbrecher in Steine verwandelt und erstarrten zu Bergen und Hügeln, um für ewige Zeiten über die Stämme zu wachen, die zu ihren Füßen jagten.

Aber denen, die ihre Gesetze achteten, schenkte sie einen menschlichen Körper und gab jedem von ihnen sein eigenes Totem: nämlich des Tieres, Vogels oder Reptils, von dem er abstammte. So erkannten sich die Stämme an ihren Totems: Känguruh, Emu, Rautenschlange und viele, viele andere. Und damit niemand hungern mußte, befahl sie, daß kein Mensch Tiere seines eigenen Totems essen dürfe, sondern nur solche von anderen Totems. Auf diese Weise gab es genug Nahrung für alle.

So lebten die Stämme miteinander in dem Land, das die Regenbogenschlange – Mutter des Lebens – ihnen gegeben hatte, und sie wußten, daß es immer ihr Land sein würde und daß niemand es ihnen jemals wegnehmen sollte.

Biami und Bunyip

Biami war einer der weisesten Männer, die die Regenbogenschlange am Beginn aller Zeiten geschaffen hatte. Als er alt wurde, gab ihm die Mutter des Lebens einen unsterblichen Geist und die Macht, die Stämme vor Unheil zu schützen.

Als Biami, der Allvater, lebte er unter den Stämmen und wurde sehr verehrt.

Aber es gab einen Stammesangehörigen, der das Gesetz, das die Regenbogenschlange festgelegt hatte, brach und von seinem eigenen Totem-Tier aß. Das machte Biami sehr zornig. Zu jener Zeit aber schlief die Regenbogenschlange an ihrem Platz unter der Erde, von dem sie einst gekommen war, so daß Biami den Übeltäter selbst bestrafte, indem er ihn aus seinem Stamm verbannte. Auch dieser Mann nahm einen unsterblichen Geist an, aber er verkörperte das Böse: Sein Name ist Bunyip. Biami warnte die Stämme, sich nicht mit Bunyip einzulassen.

Bunyip wurde von abgründigem Groll umgetrieben; er schwor, seinen üblen Einfluß zu nutzen, um Unfrieden unter die Stämme zu tragen. Er richtete sich in den tiefen Wasserlöchern und den Regenwäldern ein; tagsüber lauerte er in der Düsternis, und des Nachts zog er im Dunklen umher. Er verbreitete Furcht unter den Stämmen, indem er androhte, alle Menschen, die er antraf, zu verschlingen. Die Stämme riefen laut nach Biami und baten ihn, sie vor Bunyip zu beschützen.

Törichterweise gehorchten einige der jungen Stammesfrauen den Alten nicht, die ihnen befohlen hatten, sich von Bunyip fernzuhalten. Sie suchten nach Bunyip, um herauszufinden, wie böse er sei. Bunyip wartete schon auf die Frauen, und als sie nahe genug in seinem Bannkreis waren, schnappte er sie und machte sie zu seinen Sklavinnen. Sie lebten fortan als Wassergeister mit ihm und waren dem Stamm für immer verloren. Die Alten entdeckten, was passiert war, und warnten die Stämme, daß diese Wassergeister von Bunyip dazu benutzt würden, Männer in das schwarze Wasser von Bunyips Reich zu locken. So lernten die Stämme, auch die Wassergeister zu fürchten.

Diese Wassergeister, die einst Stammesfrauen gewesen waren,

waren geschmeidig und lieblich und sehr hinterhältig. Wenn ein Jäger in ihre Nähe kam, stimmten sie Liebeslieder an, und der Jäger, der ihre wunderschönen Stimmen hörte, begann sie zu suchen. Die Wassergeister leiteten ihn schließlich bis an das dunkle Wasser, dem keiner des Stammes bei Tag oder Nacht zu nahe kommen würde. Dann – wenn der böse Zauber stark genug auf dem Jäger lag – kamen die Wassergeister an die Oberfläche. Sie riefen: »Folge uns, folge uns« – und der Jäger gehorchte ihnen, überwältigt von soviel Schönheit. Er folgte den Geistern in den Sumpf und ertrank.

Noch heute durchstreift Bunyip die dunklen Wasserlöcher und Regenwälder des Landes.

Mirrabooka
(Kreuz des Südens)

Biami, der Allvater, war ständig damit beschäftigt, die Stämme auf ihren Wanderungen durch die Welt zu beschützen, und er machte sich stets Sorgen um sie. Er wußte, daß er nicht über alle gleichzeitig wachen konnte und Hilfe brauchte, um sie vor Schaden zu bewahren.

Bei den Stämmen gab es einen Mann namens Mirrabooka, der aufgrund seiner Weisheit und der Art und Weise, wie er sich um das Wohl seiner Leute kümmerte, sehr beliebt war. Biami hatte seine Freude an Mirrabooka, und als er alt wurde, machte ihn Biami zu einem Geistwesen und wies ihm einen Platz am Himmel unter den Sternen zu und versprach ihm ewiges Leben. Biami gab Mirrabooka Lichter für seine Hände und Füße und dehnte ihn über den Himmel aus, damit er für immer und ewig über die Stämme wachen konnte, die er liebte. Und die Stämme konnten von der Erde aus zu ihm aufschauen und die Sterne sehen, die Mirrabookas Augen bildeten und die zu ihnen herabblickten.

Als später die weißen Eindringlinge vom Meer her kamen und das Stammesland stahlen, wußten sie nicht, daß dieses Sternbild am südlichen Himmel Mirrabooka war, und sie benannten es um. Sie nannten Mirrabooka Kreuz des Südens. Und die Augen von Mirrabooka nannten sie *Pointers.* Aber in Wirklichkeit ist es Mirrabooka, der sich dort über den Himmel erstreckt, und so wird es immer sein, denn Biami hat es so gewollt.

Muschelhaufen

Nachdem die Regenbogenschlange die Stämme erschaffen hatte, verließen die Nahrungssammler jeden Tag mit dem ersten Licht das Lager und wanderten viele Meilen weit, um Nahrung zu finden. Frauen und Kinder gruben Yams- und Lilienwurzeln aus, suchten nach Sandeidechsen und Larven. Die Männer zogen mit ihren Speeren in den Busch und in die Ebene oder setzten ihre Kanus aus, um größere Beute zu machen. Neben einem Wasserloch brachen sie manchmal den Ast eines Baumes ab und bewegten sich so getarnt leise auf die Enten zu, die auf dem Wasser schwammen. Wenn sie nahe genug herangekommen waren, zogen sie die Ente an den Füßen aus dem Wasser. Noch bevor der erstaunte Vogel schreien konnte, wurde sein Hals umgedreht, und er wurde am Gürtel befestigt, den der Jäger um die Taille trug. Dieser Gürtel wurde aus Frauenhaar gewebt und mit Weinranken-, Känguruh- oder Opossumhaut verknüpft.

Manchmal verfolgten die Frauen die Spuren kleinerer Tiere, wie z.B. des Opossums, bis zu deren Schlafplatz. Das Opossum schläft am Tag und ist eine leichte Beute für den klugen Jäger. Auch die Flughunde schlafen am Tag, verkehrt herum von den Bäumen hängend, und auch sie sind eine leichte Beute.

Wenn die Sonne tief im Westen stand, kehrten die Jäger mit ihrer Beute zurück ins Lager. Lodernde Feuer begrüßten sie. Der Geruch von gebratenem Fleisch ließ ihnen das Wasser im Mund zusammenlaufen; die Kinder warteten ungeduldig auf ihren Anteil am Essen. Wenn jedermann gegessen hatte und die Bäuche voll waren, wurden die übriggebliebenen Knochen und die Muschelschalen sorgfältig zusammengetragen und auf einen Haufen gestapelt. Das war ein Gesetz, dem alle gehorchen mußten. Wenn sie nicht aufpaßten und die Knochen und Muschelschalen verstreuten, würde Biami, der Allvater, sie bestrafen, indem er alle Tiere und Fische so verstreuen würde, daß die Jäger, die am nächsten Tag auszogen, nur sehr schwer Nahrung finden würden.

Als der weiße Mann ins Land kam, sah er die Muschelhaufen, die am Eßplatz der Stämme zurückgeblieben waren, und konnte nicht verstehen, warum die Knochen und die Muschelschalen so ordentlich aufeinander geschichtet waren. Aber jeder Aboriginal wußte, daß so das Gesetz Biamis lautete, dem sie gehorchen mußten, um gefüllte Bäuche zu haben. Denn Biami verwaltete die Gesetze der Regenbogenschlange, der Mutter des Lebens, die zwischen den uralten Felsen Australiens schläft.

Curlew

Curlew kam aus einem Stamm, der sich eng mit Mutter Erde verbunden hatte, und er wachte sorgfältig über das eigene Volk. In der Nacht schlief er nicht, sondern blieb wach, damit er bei drohender Gefahr einen Schrei ausstoßen konnte, um die zu warnen, die er liebte. Wenn die Stämme nachts Curlews Schrei hörten, wußten sie, daß Gefahr drohte. Sie fürchteten diesen Schrei, dennoch mochten sie Curlew wegen seiner Wachsamkeit. Er war ihnen ein treuer Bruder.

Eines Tages rief der Allvater Biami Curlew zu sich und sagte: »Die Fürsorge für deinen Stamm soll belohnt werden. Sag' mir, was du dir wünschst.«

Curlew antwortete: »Verwandle mich und die meinen in Vögel. Gib' uns Flügel, damit wir fliegen können, und laß' uns die Beschützer der Dahingeschiedenen sein. Erlaube uns, die Stämme zu warnen, wenn der Tod bevorsteht. Wenn Dunkelheit über dem Land liegt, werden wir dreimal kommen, um zu warnen. Wir werden die Schatten der Toten ins Schattenreich geleiten. Unsere Stammesbrüder werden sich weniger fürchten, wenn wir sie auf ihrer letzten Reise begleiten.«

Biami erkannte die Weisheit in Curlews Worten und gewährte ihm seinen Wunsch. Jetzt geleitet Curlew die Schatten der verstorbenen Menschen ins Schattenreich. Er warnt dreimal, damit die Stämme wissen, daß er kommen wird und sie sich nicht fürchten. Curlews Ruf teilt den Stämmen mit, daß für ihre Lieben im Tod gesorgt ist und daß sie nicht alleine sind. Sie wissen, daß ihr Blutsbruder Curlew immer bei ihnen sein wird, wenn sie ihre letzte Reise antreten.

Burr-Nong
(Bora-Ringe)

Die Zeit des Lernens hört bei den Aborigines nie auf. Es geht immer weiter. Sobald die Kinder sitzen können, lehrt man sie, Reptilien, Tiere und Vögel zu beobachten und in den Sand zu zeichnen. Auf diese Weise lernen sie alle Lebewesen im Busch kennen, und sie lernen auch, wie man ihre Rufe und Schreie nachahmt.

Die aufregendste Zeit des Lernens kommt, wenn die Kinder ungefähr zwölf Jahre alt sind. Dann lernen sie die Lektionen des Burr-Nong kennen. Das ist eine Zeit der Bewährungsproben, die andauert, bis sie sechzehn und achtzehn Jahre alt sind und alle Proben bestanden haben. Wenn sie aus dem Burr-Nong entlassen werden, sind sie vollwertige Frauen und Männer des Stammes.

Während der Burr-Nong-Ausbildung werden die Jungen den Männern und die Mädchen den Frauen des Stammes übergeben. Sie werden in die Geheimnisse des Stammes eingeweiht und in die Kunst des Mann- und Frauseins. Keine Frau darf der Burr-Nong-Zeremonie der Jungen und kein Mann der Burr-Nong-Zeremonie der Mädchen beiwohnen.

Den Jungen werden die Stammeslegenden vermittelt, und sie müssen sie auswendig lernen, denn die Aborigines kannten keine Schrift und konnten ihre Geschichten nur in ihren Köpfen und Herzen bewahren. Den Kindern wird Geduld und Toleranz beigebracht und die Kunst, Schmerzen auszuhalten. Kein Kind darf sich klüger dünken als ein anderes. Wenn ein Kind während der Burr-Nong-Ausbildung mit seinen Fähigkeiten prahlte, wurde es durch die Ältesten bestraft. Kein Kind ist wichtiger als ein anderes, sie müssen sich alle gegenseitig helfen, die Bewährungsproben zu bestehen.

Das Einschneiden der Burr-Nong-Zeichen in ihren Körper lehrt sie, Schmerzen auszuhalten, und symbolisiert gleichzeitig ihr Erwachsensein. Wenn ein Jäger weit entfernt von seinem Stamm krank wurde, half ihm die Erinnerung an das Aushalten seiner Schmerzen während des Burr-Nong, zu seinem Lagerfeuer zurückzukehren, egal, welche Schmerzen er hatte. Die Regenbogen-

Schlange, die Mutter des Lebens, die diese Gesetze für die Stämme festlegte, lehrte ihr Volk gründlich, wie in einem so rauhen Land zu leben und sein Glück zu finden sei.

Niemand im Stamm darf uneingeschränkt über die anderen herrschen.

Das Wohl des Stammes liegt in den Händen eines Rates weiser Männer, den Stammesältesten. Denn Biami hat gelehrt, daß Weisheit im Alter kommt und daß die Alten weniger nach egoistischer individueller Macht streben.

Anmerkung: Burr-Nong-Ringe sind kreisförmige Plätze, um die ein Erdwall aufgeschüttet wird. Manchmal sind es zwei, manchmal drei. Jeder Stamm hat seine eigenen Rituale. Die meisten leiten sich von den landschaftlichen Gegebenheiten des Stammes ab.

Wonga und Nudu

Wonga und Nudu lebten mit ihrem Stamm im Busch. Sie waren beide etwa acht Jahre alt. Jeden Tag verließen sie mit den Frauen das Lager, um für das Abendessen Nahrung zu sammeln. Diese beiden Jungen waren ein spitzbübisches Paar, und die Frauen hatten es nicht leicht mit ihnen, wenn sie auf Nahrungssuche waren.

Eines Tages gingen Wonga und Nudu wie gewöhnlich mit den Frauen fort, um ihnen zu helfen, kleine Eidechsen, Larven und Lilienwurzeln zu suchen. Sie gruben einige kleine Eidechsen aus, und Nudu ließ eine davonkrabbeln, damit sie sie beobachten konnten. Er und Wonga studierten ihre Spuren im Sand, verfolgten, wie sie an einem Baum hochkletterte und besahen sich die Kratzspuren, die sie dort hinterließ. Das hatte man ihnen beigebracht, es war Teil ihres Wissens, um im Busch zu überleben.

Bald waren es die Jungen leid, den Frauen zu helfen. Sie warteten, bis diese in der Lagune mit dem Sammeln von Lilienwurzeln beschäftigt waren, dann stahlen sie sich fort in den Busch, um zu spielen. Beide hatten einen kleinen stumpfen Speer. Sie spielten Stammeskampf, wie sie es bei den Großen gesehen hatten. Wonga warf seinen Speer zuerst, und Nudu mußte zur Seite springen und sich drehen und winden, damit der Speer ihn nicht traf. Wenn Wonga ihn streifte, war er an der Reihe. Sie zielten immer auf ihre Füße, wie sie es gelernt hatten. So konnte man das Speerwerfen lernen, ohne sich zu verletzen.

»Komm, gehen wir Old Duruk suchen«, sagte Wonga plötzlich. Sie machten sich auf den Weg, um den mürrischen Emu, Old Duruk, draußen in der Ebene zu suchen. Als die beiden Jungen kamen, hob Old Duruk den Kopf. Er lauschte, ob die Erwachsenen auch in der Nähe waren. Vor Wonga und Nudu rannte er nicht davon, er wußte, daß er nur die jagenden Erwachsenen zu fürchten hatte.

»Hallo, Old Duruk!« riefen die Jungen.

»Duruk, duruk«, brummte der Emu und drehte seinen Kopf in den Wind.

Plötzlich war er wie ein Blitz verschwunden. Sein ausgeprägter

Geruchssinn hatte die Jäger wahrgenommen. Drei Männer des Stammes kamen aus dem Busch, sie schwangen ihre Speere, und ihre Barthaare sträubten sich vor Ärger. Sie befahlen Wonga und Nudu, zu den Frauen zurückzukehren und ihr Wild nicht zu verscheuchen.

Die Jungen ergriffen ihre Speere und eilten davon. Als sie die Jäger weit hinter sich gelassen hatten, setzten sie sich auf den Boden und lachten über das, was sie angerichtet hatten. Sie streckten sich unter einem alten Eukalyptusbaum aus, und Nudus scharfe Augen entdeckten einen Kookaburra, der halb schlafend auf einem Ast saß.

»Da sitzt Goo-gee-gaar-gaar«, sagte er zu Wonga.

»Hallo, Goo-gee-gaar-gaar«, rief Wonga.

Goo-gee-gaar-gaar hatte vor seinen Stammesbrüdern keine Angst. Er wußte, daß die Aborigines ihn Bruder und Freund nannten. Sie mochten sein Lachen und töteten ihn nicht.

Die beiden Jungen äfften das Lachen des Vogels nach, damit er einstimmte. Aber der Kookaburra hatte gerade eine Baumschlange verspeist und war zu faul und zufrieden, um mitzuspielen. So zogen sie weiter.

Jetzt hatten sie Hunger und hielten nach einem verrotteten Baumstumpf Ausschau. Als sie einen gefunden hatten, inspizierten sie sein Inneres. Mit ihren Stöcken fanden sie bald genug Larven, die sie lachend verspeisten. Als sie ihre Bäuche gefüllt hatten, gingen sie tiefer in den Busch. Von Zeit zu Zeit beobachteten sie die Sonne, denn sie mußten zur Lagune zurück, bevor die Frauen zum Lager heimkehrten. Die Sonne sagte ihnen immer, wann sie aufhören mußten zu spielen.

Wonga und Nudu kannten jeden Vogel und jedes Tier im Busch. Sie fürchteten sich nur vor einem: Bunyip, dem bösen Ungeheuer. Die Ältesten hatten sie vor Bunyip gewarnt, der den Kindern des Stammes auflauerte. Wenn er eines finge, würde er es zum tiefen, dunklen Wasserloch schleppen, in dem er lebte. Die Jungen wußten nicht genau, wo dieses Wasserloch war; sie glaubten, es sei weit entfernt. Sie sahen sich immer sehr sorgfältig um, für den Fall, daß Bunyip in der Nähe war. Sie wußten, daß er sich in alles verwandeln konnte, um die Stammeskinder zu überlisten.

Sie waren froh, daß Biami, der Allvater, immer in der Nähe war, um sie zu beschützen, und daß die Sonne so hell vom Himmel schien. Denn sie wußten, daß Bunyip das helle Sonnenlicht nicht mochte. Er mochte dunkle, feuchte, verhangene Tage – und die dunkle Nacht, wenn er sich anschleichen konnte, ohne gesehen zu werden.

Die Sonne beobachtete Wonga und Nudu, die sich immer weiter von den Frauen in der Lagune entfernten. Sie beschloß, ihnen eine Lehre zu erteilen, und versteckte sich hinter einer dicken schwarzen Wolke.

Wonga und Nudu hörten auf zu lachen und zu erzählen und sahen hoch in den Himmel. Sie riefen der Sonne zu, sie solle wieder hinter der Wolke hervorkommen. Aber das tat sie nicht. Als die Jungen den dunklen Schatten der Wolke über dem Busch sahen, bekamen sie Angst. Plötzlich hörten sie in der Nähe laute Geräusche im Unterholz. Da war ein dumpfes Krachen und Schlagen. Die Jungen ergriffen erschrocken ihre Speere und rannten so schnell sie konnten zur Lagune. Der Lärm verfolgte sie beim Rennen, aber sie trauten sich nicht, sich umzuschauen.

»Das ist Bunyip! Lauf, lauf!« schrie Nudu.

Wonga rannte so schnell wie Nudu. Die Sonne schaute über den Rand der schwarzen Wolke und lachte. Bald kamen die Jungen zu den Frauen, die ihre Vorratstaschen aufnahmen, um zum Lager zurückzukehren. Als sie Wonga und Nudu sahen, schimpften sie mit ihnen. Sie hätten helfen sollen, anstatt spielen zu gehen. Wonga und Nudu erzählten atemlos von Bunyip.

»Wir haben ihn rumsend und bumsend hinter uns gehört«, sagte Wonga.

Die Frauen schauten hoch zur Sonne und lächelten weise. Sie wußten, was passiert war, aber sie erzählten Wonga und Nudu nicht, daß die Sonne sie ausgetrickst hatte. Sie hatte ein lärmend durch den Busch springendes Känguruh geschickt, das die Jungen zur Lagune zurückgejagt hatte.

Auf dem Nachhauseweg hielten sich Wonga und Nudu dicht bei den Frauen. Sie glaubten, daß die Sonne Bunyip verjagt hatte, und schickten ihr dankbar ein Lächeln hoch, als sie müde den langen Weg nach Hause zum Lagerfeuer antraten.

Tuggan-Tuggan
(Satin-Eiche)

Tuggan-Tuggan war ein Jäger des Moreton-Bay-Stammes. Eines Tages, als er mit seinem Bumerang auf die Jagd ging, kam er an einem schlanken und sehr schönen Baum vorbei. Tuggan-Tuggan verliebte sich in den wunderschönen Baum. Er fühlte, daß die Satin-Eiche unglücklich war, und fragte sie, was sie habe.

Die Satin-Eiche schüttelte ihre silbergrünen Blätter im Wind und erzählte ihm, wie sehr sie sich einen Umhang für ihre zitternden Blätter wünschte, um sie warm zu halten.

Tuggan-Tuggan versprach zu helfen. Jeden Tag suchte er, anstatt zu jagen, nach einem Umhang, um den wunderschönen Baum zu bedecken.

Die Stammesältesten ärgerten sich sehr über Tuggan-Tuggan, der jeden Tag mit leeren Händen von der Jagd heimkam. Zuletzt drohten sie ihm eine Bestrafung an, wenn er nicht endlich Nahrung für den Stamm mitbringen würde. Aber Tuggan-Tuggan kümmerte das wenig, er suchte weiterhin nach einem Umhang für seinen geliebten traurigen Baum. Eines Tages beschlossen die Ältesten, daß es jetzt an der Zeit war, ihn zu bestrafen.

Als Tuggan-Tuggan das nächste Mal zum Lager zurückkehrte, nahmen sie ihm seinen Bumerang weg und warfen ihn hoch in die Luft. Sie sagten Tuggan-Tuggan, da er seinen Bumerang nicht mehr für die Jagd benutze, brauche er ihn auch nicht mehr und daß er jetzt niemals zurückkehren werde. Und sie sagten ihm, daß auch er gehen müsse und niemals zum Lager zurückkehren dürfe.

Tuggan-Tuggan blickte seinem Bumerang nach, der bald außer Sichtweite war, und beschloß, ihm zu folgen, bis er ihn wiedergefunden habe. Er liebte seinen Bumerang nämlich genauso wie den großen frierenden Baum. Er wanderte durch das ganze Land und suchte überall nach seinem Bumerang, so wie er zuvor nach dem Umhang für den fröstelnden Baum gesucht hatte. Seine Wanderungen führten ihn weit fort. Aber ohne Bumerang konnte er nicht für sich jagen, und ohne Fleisch wurde er krank und schwach. Er stolperte den weiten Weg zurück, und als er seinen wunderschönen Baum schließlich wieder erreichte, wußte er, daß er sterben würde.

Biami, der Allvater, wußte um Tuggan-Tuggans Liebe zu dem Baum. Er hatte Mitleid mit ihm, fand Tuggan-Tuggans Bumerang und brachte ihn zurück. Sterbend sagte Tuggan-Tuggan zu dem Baum: »Dies ist das letzte Mal, daß ich meinen Bumerang benutze. Da ich keinen Umhang für dich finden konnte, werde ich meinen Bumerang in deine höchsten Äste werfen. Er wird dich warmhalten und dich glücklich machen.«

Und nachdem er seinen Bumerang geworfen hatte, umkreiste der den Baum und berührte die zitternden grünen Blätter und zerbrach in tausend goldene Teile, die alle Äste bedeckten. So bildete der Bumerang einen goldenen Umhang für den Baum, der seitdem nicht mehr friert und glücklich ist. Und Tuggan-Tuggan konnte in Ruhe sterben.

Talwalpin & Kowinka
(Hibiskus und Rote Mangrove)

Talwalpin war eine wunderschöne Stammesfrau. Sie war groß und stark und flocht sich gerne die gelben Blüten, die überall wuchsen, in ihr Haar. Sie trug sie sogar beim Schlafen. Kowinka war ein junger Jäger, der Talwalpin liebte. Er bewachte Talwalpin, während sie schlief, und lächelte über die hellgelben Blüten in ihrem Haar.

Talwalpin und Kowinka verbrachten viele glückliche Stunden in Kowinkas Kanu. Kowinka paddelte das Kanu an eine Stelle, wo es viele Fische gab, und der Stamm hatte jedesmal genug Fisch zu essen, wenn Talwalpin und Kowinka angeln gingen.

Talwalpin konnte nicht schwimmen, aber sie hatte niemals Angst, wenn sie mit dem Kanu zum Angeln fuhren, denn Kowinka war der beste Schwimmer des Stammes. Eines Tages, als sie mit dem Kanu draußen waren, zog ein heftiger Sturm auf. Kowinka nahm sein Paddel und lenkte das Kanu zum Ufer. Aber trotz seiner kräftigen schnellen Schläge trieb der Wind das Kanu weiter und weiter auf das Meer hinaus. Ihr Stamm stand am Ufer und rief ihnen zu, zurückzukommen, doch der Wind war zu stark, und Kowinkas Kräfte ließen nach. Talwalpin nahm das andere Paddel, und zusammen kämpften sie gegen den Sturm an. Manchmal kamen sie nah an das Ufer heran, aber dann schleuderte der Wind das Kanu hart gegen die Wellen und blies sie wieder hinaus aufs Meer.

Die Stammesältesten befahlen den jungen Männern, mit ihren Kanus rauszufahren, um Talwalpin zu retten, denn sie wußten, daß sie nicht schwimmen konnte. Als die jungen Männer sich dem Kanu von Kowinka näherten, riefen sie Talwalpin zu, sie solle springen, damit sie gerettet werden könne, aber sie wollte Kowinka nicht alleine lassen, und so kehrten die jungen Männer ans Ufer zurück.

Bald waren Talwalpin und Kowinka zu abgekämpft, um dem Sturm länger standzuhalten. Kowinka sprang ins Wasser und versuchte, das Kanu ans Ufer zu ziehen, aber eine gewaltige Welle kippte das Kanu um, und beide ertranken.

Biami, der Allvater, hatte Mitleid mit Talwalpin und Kowinka und ließ ihre Schattenkörper dicht beieinander. Am Morgen, als der Sturm sich weit auf das Meer zurückgezogen hatte, fand der Stamm Talwalpin auf dem Sand und Kowinka ganz in der Nähe im Wasser.

Jetzt wächst Talwalpin als wunderschöner Hibiskus auf dem Sand und trägt ihre hellgelben Blüten weiterhin in ihrem Haar. Und Kowinka, die rote Mangrove, steht mit den Füßen im Wasser und beschützt Talwalpin für immer und ewig. Diese beiden wachsen immer Seite an Seite, einer am Ufer und einer im Wasser. Ihre Liebe ist so stark, daß sie sich niemals verlassen.

Pomera

(Banksia)

Pomera, der Jäger, liebte eine wunderschöne Frau seines Stammes, aber sie war einem anderen versprochen worden. Niemand wußte von Pomeras verbotener Liebe. Wenn Pomera jagen ging, schmiedete er Pläne, wie er die Frau für sich gewinnen könnte. Er war ein sehr guter Jäger, der von seinen Stammesgenossen wegen seiner Fertigkeiten sehr geachtet war. Stets brachte er die größten Tiere von der Jagd heim ans Lagerfeuer.

Eines Tages, als das Essen zubereitet wurde, wurde Pomera aufgefordert, sich seinen Anteil zu nehmen, bevor die Beute zwischen allen Stammesmitgliedern aufgeteilt wurde. Aber anstatt seinen Anteil auszuwählen, schockierte Pomera den Stamm, indem er verlangte, daß ihm die Frau zugesprochen werden solle, die er liebte. Diese Dreistigkeit machte die Ältesten sehr ärgerlich. Sie weigerten sich, seinem Verlangen zu entsprechen, und forderten ihn nochmals auf, das beste Stück Fleisch seiner Beute zu wählen, wie es Brauch war. Aber Pomera war stolz und wurde ebenfalls sehr ärgerlich. Er wies das Fleisch zurück und ging fort. Er jagte nicht mehr länger mit dem Stamm.

Eines Tages, allein im Wald, schmiedete er einen Plan, wie er die Ältesten austricksen könnte, um die Frau zu stehlen. Heimlich fertigte er ein *nulla-nulla* an, eine Jagdkeule, in die er große Aushöhlungen schnitzte. Dann bedeckte er sie mit Federn, so daß niemand sehen konnte, daß es ein *nulla-nulla* war.

Es dauerte nicht lange und er traf die Frau alleine am Wasserloch. Mit seiner Keule in der Hand näherte er sich ihr. Sie hatte keine Angst vor ihm, denn sie hielt das, was er trug, für einen Ast mit zarten Blüten. Pomera erhob das *nulla-nulla*, schlug es der Frau über den Kopf und schleppte sie davon. Aber der Schlag mit dem großen knubbeligen *nulla-nulla* hatte den Kopf der Frau zertrümmert, und als Pomera sie weit entfernt vom Stamm auf den Boden legte, war sie tot.

Pomera hatte sein *nulla-nulla* am Wasserloch zurückgelassen, und als die Ältesten es dort fanden, wußten sie, was passiert war. Sie riefen Biami, den Allvater, an, damit er Pomera bestrafen möge.

Biami verwandelte Pomera in einen Baum und bedeckte ihn mit zarten Blüten, die genauso aussahen wie die, die er aus den Federn gemacht hatte, um sein *nulla-nulla* zu bedecken. Jedes Jahr fallen die Vögel kreischend aus der Luft über den Baum her und picken seine Blütenpracht ab. Und wenn alle Blüten weg sind, kann man Pomeras abgerundetes, knubbeliges *nulla-nulla* erkennen. Auf diese Weise vergißt der Stamm niemals Pomeras Verrat und seine verbotene Liebe. Und Pomera muß als Baum seine Schande ewig tragen.

Tia-Gam
(Kletterpalme)

Tia-Gam war ein fröhlicher Junge, der gerne Streiche spielte. Er schüttete Wasser in die Feuer, wenn niemand hinschaute, so daß der Qualm den Stammesleuten in die Augen stach. Er versteckte die Vorratsbeutel der Frauen, so daß sie lange suchen mußten, bevor sie Lilienwurzeln und Muscheln sammeln gehen konnten. Er verhedderte die Fischernetze der Männer, so daß sie nicht fischen gehen konnten. Er neckte die anderen Kinder und stellte ihnen ein Bein, wenn sie vorbeiliefen. Und wann immer seine Taten Unwillen auslösten, lachte er in sich hinein und hielt sich für sehr clever.

Tia-Gam verärgerte den Stamm und wurde oft gescholten, aber nie bekam er eine Ohrfeige oder wurde geschlagen, denn das entsprach nicht der Erziehungsmethode des Stammes. Die Stammesältesten verloren oft die Geduld mit ihm, aber niemand wollte ihn bestrafen, denn trotz all seiner Tricks und Neckereien war er sehr beliebt. Die anderen Kindern lachten mit ihm über seine Späße, und die Frauen entschuldigten seine Unarten. Als die Stammesältesten zusammenkamen, um zu überlegen, wie sie Tia-Gam eine Lektion erteilen könnten, fiel ihnen nichts ein. Also fuhr Tia-Gam mit seinen Streichen und Neckereien fort. Er wußte sehr gut, daß ihn alle mochten, und so glaubte er, er könne sich alles leisten.

Tia-Gam ging oft alleine weg, fort von den Frauen, deren Pflicht es war, auf ihn achtzugeben. Dann schimpften die Jäger mit den Frauen, weil sie nicht auf ihn aufgepaßt hatten. Eines Tages machte sich Tia-Gam alleine in den dunklen, feuchten Regenwald auf. Er wußte, daß das verboten war, aber es kümmerte ihn nicht. Im Regenwald aber lebte Bunyip – und Bunyip war ein böser Geist.

Als Tia-Gam im Wald umherstreifte, sah er Bunyip, aber er wußte nicht, daß es Bunyip war, denn Bunyip konnte sich in vielerlei Gestalten verwandeln. Tia-Gam dachte, er sei ein Jäger des Stammes. Bunyip war besorgt, weil die Sonne durch die Äste der hohen Bäume im Regenwald schien und Licht hereinbrachte. Er wollte keine Sonne in seinem Regenwald haben. Als Bunyip

Tia-Gam sah, rief er ihn und bat ihn, die hohen Bäume hinaufzuklettern und ihre Äste dicht ineinander zu flechten.

Tia-Gam war sehr geschmeichelt. Dieser Jäger mußte ihn für einen sehr guten Kletterer halten, wenn er ihn darum bat. Er kletterte in die Wipfel der Bäume und fügte die Äste so dicht zusammen, daß die Sonne nicht mehr hindurchkam.

Als Bunyip sah, was für ein guter Kletterer Tia-Gam war, legte er einen Zauber auf ihn, und Tia-Gam wurde sein Sklave und blieb für immer in dem dunklen, feuchten Regenwald. Er ist immer noch dort, denn Bunyip läßt ihn nie mehr fort. Jetzt verbringt Tia-Gam seine Zeit damit, von Baum zu Baum zu gehen, die hohen Stämme rauf und runter zu klettern und auf dem Boden zwischen ihnen durchzulaufen. Er sucht einen Weg zurück zu seinem Stamm. Und noch immer – auch im Regenwald – spielt er seine Streiche, denn wenn Vögel, Tiere und Jäger seinen Weg kreuzen, versucht er, ihnen ein Bein zu stellen und sie zu Fall zu bringen. Die Kinder seines Stammes wissen, daß er da ist und seine Streiche spielt, und sind traurig, weil Bunyip ihn niemals mehr zu ihnen zurückkehren läßt.

Boonah

(Blutholzbaum)

Boonah war ein Jäger eines Stammes aus Brisbane, der am Fuße eines Berges lebte. Seine Stammesleute waren Künstler, die wunderschöne Bilder machten. Alle anderen Stämme bewunderten sie, denn sie waren Friedensbringer. Sie verbreiteten Freude und Frieden, wo immer sie hingingen. Sie verbrachten ihre Zeit damit, die Probleme der anderen Stämme zu lösen. Sie intervenierten bei Streit und stellten den Frieden wieder her. Sie gingen gerade und aufrecht, und ihre Finger waren lang und schlank.

Auf dem Gipfel des Berges lebte ein anderer Stamm. Diese Leute waren faul und streitsüchtig, und sie waren dazu verbannt worden, entfernt von den anderen Stämmen zu leben. So waren sie auf den Gipfel des Berges gezogen, wo sie alleine lebten und nur Bunyip als Gesellschaft hatten. Denn der Berggipfel war Bunyips Regenwald-Heim.

Der verbannte Stamm machte Boonah für sein Schicksal verantwortlich, denn er hatte bei der Ratsversammlung der Stämme gegen sie gesprochen. Sie beschlossen, sich an Boonah zu rächen.

Eines Tages, als Boonah am Fuße des Berges jagte, schaute der verbannte Stamm hinab, erblickte ihn und faßte den Entschluß, ihn zu töten. Sie sammelten Steine vom Berggipfel auf und warfen sie nach Boonah.

Bunyip war nicht damit einverstanden, daß die Verbannten auf dem Berg lebten, denn sie zerstörten sein Regenwald-Heim. Er wählte genau diesen Moment, um den Berg zu erschüttern, so daß eine plötzliche Steinlawine dem verbannten Stamm den Tod brachte. Am Fuße des Berges wurden sie dort, wohin sie gefallen waren, zu Staub.

Aber auch Boonahs Stamm wurde von der Steinlawine erfaßt, und Boonah war der erste, der getötet wurde. Die Steine, die heruntersausten, erwischten seinen schlanken Körper, so daß sein Blut in Strömen floß. Und nach Boonah fiel sein ganzer Stamm sterbend zu Boden, und sein Blut färbte die Erde rot.

Boonah und sein Stamm wurden zu Bäumen, groß und schlank,

mit langen, dünnen, grünen Blättern, die zum Boden zeigen, um die Geschichte ihrer Vernichtung zu erzählen. Und als die anderen Stämme am Fuße des Berges eintrafen, entschlüsselten sie Boonahs Botschaft und wußten, daß das rote Harz auf den schlanken Stämmen der Blutholz-Bäume das Blut von Boonahs Stamm war.

Immer noch weint Boonah blutige Tränen und steht gerade und stark. Seine schlanken Blätter zeigen für ewig zur Erde, um an den streitsüchtigen Stamm auf dem Gipfel des Berges zu erinnern, der am Fuße des Berges zu Staub zerfiel.

Mai
(Moreton-Bay-Kastanie)

Mai war zuständig für das Mehl, das die Frauen ihres Stammes für die Kuchen brauchten, die sie auf den heißen Steinen buken. Sie wanderte weit umher, um die Samenkörner zu finden, die sie zu Mehl zerstampfen konnte.

Eines Tages, als sie unterwegs war, sah Mai eine alte Frau, die mit sich selber sprach und kreischte. Mai bemerkte, daß die alte Frau viele Samenkörner bei sich trug, und fragte sie, ob sie welche davon haben könnte. Aber die alte Frau war eigensinnig und gemein. Sie würde niemals mit jemand anders als ihren Stammesangehörigen etwas teilen. Die anderen Mitglieder ihres Stammes dachten genauso, aber sie sammelten die Samenkörner nicht einmal selber, wie Mai das tat, sondern stahlen sie von anderen Stämmen. Sie bemalten sich mit vielen Farben, um sich zu tarnen und an die Umgebung anzugleichen, damit niemand sie sah, wenn sie stahlen.

Mai bat die alte Frau noch einmal um einige Samenkörner, aber die alte Frau keifte sie an und schubste sie weg. Mai beschloß, die alte Frau zu bestrafen, und machte einen Plan. Sie beobachtete, wo die alte Frau die Samenkörner versteckte, und als sie schlief, ging Mai zu dem Platz und nahm sie weg. Dann bat sie die Honigameisen, sich an die Stelle zu setzen, wo die Samenkörner gewesen waren.

Als die alte Frau aufwachte und zu ihren Samenkörnern ging, fand sie die Ameisen vor und wurde sehr ärgerlich. Sie kreischte so laut sie konnte und biß die Honigameisen in der Mitte durch.

Daraufhin bestraften die Ameisen beide für das Stehlen, die alte Frau und Mai. Sie verwandelten die alte Frau und ihren bunt bemalten Stamm in Vögel und Mai in einen Baum. Jetzt sucht der Stamm der alten Frau immer noch kreischend in den Blüten des Baumes nach den verschwundenen Samenkörnern, die Mai einst von der alten Fau stahl. Und die Blüten der Moreton-Bay-Kastanie haben die gleiche Farbe wie das Federkleid der Bergpapageien, die bei der Nahrungssuche an ihnen zerren.

Töten, um zu essen

Mein Vater arbeitete für die Regierung. Er war Vorarbeiter eines Aboriginaltrupps, der beim Straßenbau half, Versorgungsschiffe be- und entlud und überhaupt alle untergeordneten Arbeiten auf der Insel übernahm. Für seine Arbeit erhielt er einen geringen Lohn und Essensrationen, um seine sieben Kinder sattzukriegen. (Ich war die drittälteste Tochter.) Wir haßten die Rationen des weißen Mannes, die nebenbei bemerkt so karg waren, daß sogar eine Beutelratte kaum davon hätte existieren können. Sie bestanden aus Fleisch, Reis, Sago, Tapiko und bei besonderen Gelegenheiten, wie zum Beispiel dem Geburtstag der Königin, einem Plumpudding.

Gott sei Dank hing unser Leben nie von diesen Rationen ab. Vater lehrte uns, unsere Nahrung auf Aboriginal-Art zu jagen, und wir benutzten dazu ausrangiertes Material von der Müllkippe des weißen Mannes. Wir hatten jeder unsere eigene Steinschleuder, mit der wir auf die »Blauen« und »Grünen« schossen, die Papageien und Lorikeets (besonders farbenprächtige Papageien-Art, Anm. d. Übers.), die die blühenden Eukalyptusbäume bevölkerten. Er zeigte uns, wie man Beutelratten-Fallen baute: eine Holzkiste, ein Stück Draht, ein Hebel am oberen Ende und ein Stück verbrannter Toast, das war alles, was man brauchte. Beutelratten können verbranntem Toast nicht widerstehen. Wir stellten unsere Fallen immer in der Dämmerung. Jeweils am nächsten Tag konnten wir Mutter stolz eine Beutelratte zum Braten bringen. Vater zeigte uns auch, wie man ein quadratisches Stück Blech flachklopfte und schärfte. Das war sehr nützlich, weil man damit das seichte Wasser durchkämmen konnte. So mancher Meeräsche wurde der gezielte Stoß mit dem scharfen Blech, den einer meiner Brüder ausführte, zum Verhängnis. Vater fertigte auch lange eiserne Krebshaken an, und jeder von uns hatte seine eigene Angelschnur.

Ein Gesetz legte er uns ganz besonders ans Herz: daß uns auf der Jagd die Waffen nur zur Nahrungsbeschaffung dienen durften. Wir durften sie niemals um des reinen Tötens willen einsetzen. Das ist eines der obersten Gebote der Aborigines, und für einen Verstoß dagegen gibt es keine Entschuldigung.

Eines Tages beschlossen wir fünf älteren Kinder, zwei Jungen und drei Mädchen, dem kreischenden Lärm der »Blauen« und »Grünen« zu folgen, der von den blühenden Eukalyptusbäumen herüberkam. Wir bewaffneten uns mit unseren Steinschleudern und machten uns auf den Weg.

Meine Schwestern und ich schossen immer vom Boden aus auf unsere Opfer. Die Jungen kletterten in die Äste der Eukalyptusbäume, verhielten sich ganz still und suchten die besten und gesündesten Vögel des Vogelschwarms aus. Mein ältester Bruder war bei weitem der beste Schütze von uns allen. Er brüstete sich allerdings auch immer damit. Jedoch nie vor unseren Eltern, denn sie hätten diese Eitelkeit bestraft. Er gab nur vor uns an; er wußte, daß wir ihn nicht verpetzen würden.

Die Jungen befahlen uns, so leise wie möglich unsere Position unter den Bäumen einzunehmen. »Macht nicht soviel Krach!« forderten sie. Trotz der Empörung über unseren prahlenden Bruder überließen wir ihm immer den ersten Schuß. Wir wußten, daß er ein todsicherer Schütze war. Jetzt sahen wir zu, wie er den großen Blauen genau gegenüber von ihm aufs Korn nahm. Der Vogel schien völlig vertieft im Eukalyptusbaum Honig zu sammeln. Wir hielten den Atem an, und unser Bruder schoß.

Plötzlich kreischten die Vögel, flogen davon und ließen meinen Bruder und uns verblüfft zurück. Er war seinem Opfer so nahe gewesen, daß es unmöglich schien, daß er es verfehlt hatte... aber es war so. Wir schauten ihn an, und sein ungläubiges Gesicht war zuviel für uns. Wir brüllten vor Lachen. Mein anderer Bruder warf sich auf den Boden, wälzte sich hin und her und lachte sich halbtot. Aber je mehr wir lachten, desto wütender wurde mein älterer Bruder.

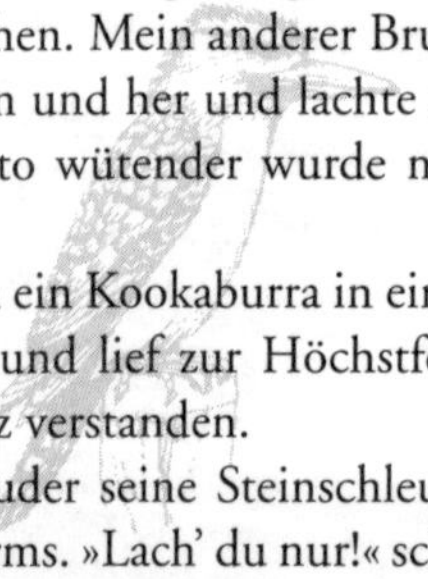

Als teile er unsere Heiterkeit, begann ein Kookaburra in einem nahegelegenen Baum heiser zu lachen und lief zur Höchstform auf, gerade so, als habe auch er den Witz verstanden.

Wutentbrannt hob mein älterer Bruder seine Steinschleuder und zielte blindlings in Richtung des Lärms. »Lach' du nur!« schrie er. Er hatte sich nicht einmal Zeit genommen zu zielen.

Das Lachen blieb uns im Halse stecken, als der Kookaburra zu Boden fiel. Mein Bruder kletterte entsetzt vom Baum, seine Wut war verflogen, und wir standen schweigend um den getroffenen Vogel herum. Der heftige Schuß hatte den Flügel des Vogels unheilbar zertrümmert. Wir schauten einander an und schwiegen voller Angst. Wir wußten genau, was wir getan hatten. Wir hatten gegen das eherne Gesetz der Aborigines verstoßen. Wir hatten um des Tötens willen getötet, noch dazu einen Vogel, den wir nicht töten durften. Die Aborigines essen keinen Kookaburra. Sein fröhliches Lachen darf immer erklingen, denn es bringt dem Stamm Glück. Wir nennen ihn Bruder und Freund.

Wir hatten nicht bemerkt, daß Vater auf uns zukam. Er mußte Feuerholz gesammelt haben. Wir traten zur Seite, damit er sehen konnte, was passiert war. Er unterdrückte seinen Zorn und hob schweigend einen heruntergefallenen Ast auf. Barmherzig erlöste er den getroffenen Vogel von seinem Elend. Dann schickte er uns nach Hause.

Auf dem Rückweg sprachen wir in ängstlicher Vorahnung über die zu erwartende Bestrafung. Ich hoffte, unser Vater würde uns verhauen, aber wir wußten alle, daß wir nicht so billig davonkämen. Außerdem schlug Vater uns nie. Nein, wir wußten, daß die Bestrafung sorgfältig gewählt wurde, um unserem Vergehen angemessen zu sein. Als wir zuhause ankamen, wurde Mutter aufgefordert, uns das Essen vorzusetzen. Über den toten Kookaburra wurde nicht gesprochen, aber wir wußten, daß Vater das Thema nach dem Essen ansprechen würde. Keiner von uns hatte Hunger, und auch Mutter stocherte nur im Essen herum. Wir wußten, daß Vater über die Art der Bestrafung entschieden und Mutter ihm zugestimmt hatte, auch wenn sie nicht glücklich darüber war.

Es war Mutter, die uns anwies, unsere Beutelratten-Fallen, unsere Steinschleudern und alle anderen Waffen in den Hinterhof zu bringen. Wir mußten sie auf einen Haufen legen, während Vater jedes Stück sorgfältig prüfte. Unser großer schwarzer Hund stand bei uns. Das tat er immer, wenn es Ärger in der Familie gab.

Auch wenn er die Lebensweise der Menschen unmöglich verstehen konnte, so spürte er doch, wenn Ärger in der Luft lag.

Vater sprach das erste Mal, seit wir den Kookaburra getötet hatten. Er erwartete keine Entschuldigung von uns für das, was wir getan hatten, und wir gaben ihm keine. Wir mußten alle dafür geradestehen. Das ist so bei uns Aborigines. Da wir um des Tötens willen getötet hatten, durften wir zur Strafe drei Monate lang weder jagen noch unsere Waffen gebrauchen. Drei Monate lang mußten wir von den verhaßten Rationen des weißen Mannes leben.

Während dieser drei Monate knurrte uns der Magen. Unser Hund sah uns fragend an, wedelte mit dem Schwanz und konnte nicht verstehen, warum wir herumsaßen und unsere Zeit vertrödelten, wo wir doch zur Jagd gehen sollten.

Das alles ist schon lange her. Doch die traurigen, kummervollen Augen des Kookaburra, unseres Bruders und Freundes, verfolgen mich noch oft im Traum.

Der Hai

Der große schwarze Hund saß im Hof und schaute auf das Meer. Es war Ebbe, und die Mangrovensümpfe waren voller Seevögel. Brachvögel riefen einander, und Ibisse stelzten mit gesenktem Kopf durchs Seegras und suchten mit dem Schnabel nach Krebsen. Möwen jagten einander auf den Sandbänken, und der Schnapper lag zusammengekrümmt und Schlaf vortäuschend im seichten Wasser und wartete darauf, daß ihm kleine Fische und Krebse zu nahe kamen.

Der Hund war verwirrt. In letzter Zeit hatte sich das tägliche Leben irgendwie verändert. Die kleinen Menschen waren in die Schule gegangen, und die Frau schien immer mit Waschen beschäftigt zu sein. Er schaute den kleinen Menschen jeden Morgen nach, wenn sie mit ihren Schultaschen das Haus verließen. Er begleitete sie bis zur Brücke, weiter durfte er nicht. Sie waren dann lange weg, und es war ihm langweilig, einfach nur so herumzusitzen. Heute morgen lockte ihn der Mangrovensumpf. Aber er verdrängte das und streckte sich der Länge nach auf dem Gras aus und gähnte. Er wunderte sich, daß die kleinen Menschen gar nicht mehr auf die Jagd gingen. Auch sie schienen gelangweilt herumzusitzen, wenn sie wieder zuhause waren.

Der Brachvogel rief seinen Partner im Mangrovensumpf, der Hund spitzte seine Ohren und faßte einen Entschluß. Er schlüpfte durch den Zaun und lief über den Sand, bis er an die Niedrigwassergrenze kam, die die Ebbe zurückgelassen hatte. Er beobachtete die kleinen Kröten, die im seichten Wasser hin und her flitzten. Er hob eine Pfote und schnappte spielerisch nach den Kröten. Die kleinen Menschen hatten ihm schon als Welpe beigebracht, die Kröten nicht anzurühren. Jetzt sagte ihm der Instinkt des erwachsenen Hundes, daß eine Meereskröte ihn vergiften könnte, wenn er sie fraß.

Der schwarze Hund drang weiter in das Wasser vor, bis dort, wo das lange Seegras neben der tiefsten Stelle im Kanal wuchs. Seine scharfen Augen hielten nach Bewegungen im Wasser Ausschau. Er wußte, daß es hier Lachshaie gab. Das Wasser lief ihm im Maul zusammen. Die kleinen Menschen nahmen ihn oft im Dinghi mit, wenn sie hinter den kleinen Lachshaien her waren, die ihre Nester in dem hohen Seegras bauten. Aber er mußte immer im Boot bleiben, obwohl er alles versucht hatte, sie davon zu überzeugen, daß er es mit jedem Hai aufnehmen konnte. Es war vergeblich, denn das jüngste Mädchen schlang ihm dann immer ihre Arme um den Hals. Er hätte sich mit Leichtigkeit losreißen können, aber er würde nie gegen den Willen der kleinen Menschen handeln.

Seine Augen hatten eine Bewegung im Seegras registriert. Er erstarrte, eine Pfote erhoben; alle Sinne angespannt, konzentrierte er sich auf den Hai, dessen Silhouette sich deutlich gegen die fließende Bewegung des Seegrases abhob. Er machte einen Satz nach vorne. Sein starker Kiefer schnappte zu, und er erwischte den Hai am Schwanz. Dieser war noch nicht voll ausgewachsen, und in einem panischen Fluchtversuch machte er den Fehler, mit einem kurzen Schlag seiner Schwanzflosse gegen die Strömung der auslaufenden Flut loszuschnellen. Einem ausgewachsenen Hai wäre ein solcher Fehler nie passiert. Der Fisch schoß auf eine Sandbank zu, die halb unter Wasser lag, bemerkte seinen Irrtum und versuchte verzweifelt wieder freizukommen. Doch dieser Fehler kostete ihn das Leben. Der Hund machte einen erneuten Satz. Er packte den Hai am Schwanz, und mit einer schnellen Drehung seines Kopfes schleuderte er den Fisch weit hinauf in den Mangrovensumpf aufs Trockene. Dann saß er bei dem sterbenden Hai und verschnaufte. Er stand auf und schüttelte sich das Wasser aus Fell, Augen und Ohren.

Der Hund versuchte, den Hai im Maul davonzutragen, aber er war zu groß für ihn. Er war viel größer als die Warane, Eidechsen und Schlangen, die er oft von der Jagd mit den kleinen Menschen heimtrug. Sie waren nicht da, um ihm zu helfen. Er mußte alleine einen Weg finden, den Hai nach Hause zu bringen. Er schaute hinauf zum Haus. Es war etwa eine Viertelmeile weit entfernt.

Schließlich hatte er einen Plan. Er packte den halbtoten Hai am Schwanz und zog ihn hinter sich her. Von Zeit zu Zeit hielt er an, um sich auszuruhen. Er schleifte ihn hoch bis zum Strandtor, das war weit genug! Wenn er jetzt die Frau dazu brächte, aus dem Haus zu kommen, dann könnte sie den Fisch für ihn heimtragen.

Der Hund bellte und bellte, aber die Frau nahm keine Notiz davon. Der Hund traute sich nicht, den Hai zurückzulassen, um die Frau zu suchen; in der Zeit könnte ein anderer Hund vorbeikommen und ihm seine Beute wegschnappen. Also setzte er sich in Positur und heulte jämmerlich.

Das Heulen hatte den erwünschten Effekt. Die Frau öffnete die Haustür, um nach dem Hund zu sehen. Als sie den Hai sah, kam sie die Treppe herunter und trat vor das Tor. Sie legte die Hand über die Augen, um sie vor der Sonne zu schützen und sah die Schleifspuren im Sand. Da wußte sie, was der Hund getan hatte. Sie tätschelte seinen Kopf und bückte sich, um den Hai aufzuheben. Der Hund legte eine Pfote auf seine Beute.

»Schon gut, Junge. Ich weiß, daß er dir gehört. Ich koch' ihn für dich. Du hast Appetit auf Fisch, hm? Kann ich verstehen. Besser als das Zeug, das der weiße Mann Essen nennt.«

Der Hund wirbelte im Kreis herum und bellte aufgeregt.

»Na, dann komm. Du kannst auf ihn aufpassen, während er kocht.«

Der Hund lag auf einem Kleiesack in der Küche und sog von Zeit zu Zeit den appetitanregenden Geruch des kochenden Hais ein.

Als die kleinen Menschen von der Schule heimkamen, rochen auch sie den gekochten Hai und schauten sich verblüfft an, denn es war noch keine drei Monate her, seit sie auf den Kookaburra geschossen hatten, und das Jagdverbot galt noch. Die Frau erzählte ihnen, wie der Hai ins Haus gekommen war, und sie sahen neidisch auf den Hund. Sie setzten sich draußen ins Gras und sprachen darüber, bis die Frau mit einer großen Schüssel nach draußen kam, die sie auf den Boden stellte.

Der Hund wedelte mit dem Schwanz und leckte sich die Schnauze.

»Hier ist dein Hai, Junge. Friß schön.«

Er bellte und rannte von der Schüssel zu den kleinen Menschen, um der Frau klarzumachen, daß diese das Essen mit ihm teilen sollten. Aber sie schüttelte den Kopf: »Nein, Junge, der gehört dir ganz alleine. Sie dürfen davon nichts abhaben. Nun friß schön!«

Der Hund verstand das nicht, aber er fraß sich satt, während die kleinen Menschen daneben saßen und ihn beobachteten. Nachdem er die Schüssel leergefressen hatte, kam er und setzte sich zu ihnen. Jetzt hatte er wieder ein schönes, warmes Gefühl im Bauch.

Das kleinste Mädchen brachte die Schüssel ins Haus und fragte, als sie wieder herauskam, naserümpfend: »Ratet mal, was es zum Abendessen gibt! Tapiko und Sago – igitt!«

Krebsefangen

Mein Vater war für Gleichberechtigung, besonders dann, wenn es um Arbeit ging. Wenn Vater wollte, daß irgendetwas erledigt werden sollte, spielte es keine Rolle, welches der Kinder gerade da war – es wurde einfach eingespannt. Mutter teilte seine Ansicht in dieser Hinsicht überhaupt nicht; sie beschwerte sich immer, daß er meine Schwestern und mich von der Hausarbeit abzog. Wir Mädchen lernten Schuppen zu streichen und auch, sie zu bauen, Holz zu hacken, Wasser zu tragen, den Zweizylinder-Wilson-Motor unseres Bootes zu reparieren, undichte Stellen im Dinghi abzudichten oder irgendetwas anderes zu erledigen, das um das Haus herum getan werden mußte. Tatsächlich leisteten wir Mädchen die meiste Arbeit. Die Jungen waren viel geschickter darin, schlichtweg nicht auffindbar zu sein, wenn Vater entschied, daß eine Arbeit erledigt werden mußte.

Eines Tages beschloß Vater, wieder mal nach den Mangrovenkrebsen zu schauen.

In dieser Nacht stellte Mutter den Wecker auf drei Uhr morgens, wie immer, wenn wir zum Krebsefangen gingen. Von uns Mädchen wurde erwartet, daß wir noch vor Sonnenaufgang, noch bevor der Wecker aufgehört hatte zu klingeln, aus dem Bett sprangen.

Um halb vier Uhr morgens die Ausrüstung, die aus Angelruten, Kleiesäcken, Krabbenhaken, Benzin und der Proviantttasche bestand, durch den Schlick zu tragen, kann ich nicht unbedingt empfehlen. Das mochte ich nie, ich schlief immer noch halb, und der Schlick zwischen unserem Haus und dem Boot war gespickt mit kleinen Soldaten-Krebsen, die aus ihren Löchern im Sand krabbelten, wenn die Flut zurückging. Soldaten-Krebse haben etwa die Größe einer Walnuß, sind hellblau und gelb, und sie sehen wirklich wie eine Armee marschierender Soldaten aus. Sogar wenn ich hellwach war, paßte ich auf, wo ich hintrat, denn das letzte, was ich wollte, war, einen armen, unschuldigen Soldaten-Krebs zu zermalmen, auch wenn sie eine Plage auf dem Schlick waren. Ich regte mich immer sehr auf, wenn ich auf sie trat. Meine Schwestern hielten mich für verrückt. Sie traten einfach zu und erwarteten von den Soldaten-Krebsen, daß sie ihnen nicht in die Quere kamen. Wenn doch – okay, dann hatten sie halt Pech gehabt.

Sogar Vater belächelte meine Gefühlsduselei. Das konnte ich fühlen. Er bildete sich etwas darauf ein, seine Kinder zu zähen, widerstandsfähigen, aber keineswegs brutalen Menschen zu erziehen. Meine Geschwister waren stark, gesund und logisch denkend. Ich aber war weich und sentimental.

Mein Vater war stolz darauf, bereits ein Seemann in der dritten Generation zu sein. Das Dorf behauptete, daß ihm die Krebse schon aus den Ohren wüchsen. Sie nannten ihn »Alter Krebs«. Mit Recht, denn er kannte und respektierte das Meer. Ich habe erlebt, daß er in der Kajüte unseres Bootes saß und uns dennoch sagen konnte, ob die Gezeiten oder der Wind wechselten. Er schien den Wechsel zu riechen.

Obwohl wir Kinder das Meer alle sehr liebten, waren wir ihm nicht so verbunden wie unser Vater. Ich erinnere mich, wie empört er war, weil ich das Segeln nicht so beherrschte wie die anderen. Ja, ich hatte sogar die Dreistigkeit, jedesmal seekrank zu werden.

Mein Vater schüttelte stets den Kopf und sagte zu Mutter: »Drei Generationen Seemannsblut in ihren Adern, und jetzt schau nur, wie sie das Meer verunreinigt, indem sie überallhin spuckt.«

Ich glaube, Mutter war froh, daß eines ihrer Kinder nicht so seetüchtig war. Sie kam aus dem Landesinneren und hatte selbst immer ein bißchen Angst in einem Boot. Auch sie wurde seekrank. Aber ihre Liebe zu meinem Vater, ihr Glaube an ihn und ihr Stolz auf seine Segelkünste sorgten dafür, daß sie sich niemals zuviel Gedanken um ihn machte; selbst nicht in stürmischen Nächten, wenn er schon längst hätte daheim sein sollen. Sie zündete lediglich eine Sturmlaterne an und stellte sie ins Fenster, um ihn heimzugeleiten. Als geborener Seemann brachte Vater sein Boot und seine Familie immer sicher in den Hafen.

Solange das Meer ruhig war, konnte ich die Bootsfahrt an diesen frühmorgendlichen Exkursionen zum Krebsefangen manchmal richtig genießen. Wir fuhren einige Meilen dicht an der Küste entlang, und wenn wir unser Ziel erreichten, kam gerade die Sonne über den Horizont. So ein Sonnenaufgang hat immer etwas atemberaubend Schönes – das trifft ganz besonders auf einen Sonnenaufgang über der Insel Stradbroke zu. Das phantastische unbeschreibliche Licht, das den Himmel erhellte, gab mir immer ein Gefühl göttlicher Gegenwart. Die Farben schienen aus dem Nichts zu kommen und sich zu vermischen, wenn die Sonne über den Horizont lugte. Als ob ein großer Regenbogen sich in einen Ball zusammengerollt hätte und den östlichen Himmel bedeckte. Dieses Schauspiel verfehlte nie seine Wirkung auf mich, und noch bevor die letzten Farben am Himmel verblaßt waren, hatte ich meinem Vater verziehen, daß er mich so früh aus dem Bett geschmissen hatte, um Krebse zu fangen.

Unser Boot mit seinem tuckernden Zweizylinder-Motor brachte uns schließlich ans Ziel, den Platz, an dem die Mangrovenkrebse herumkrabbelten. Wir waren schon so oft durch den Drill des Krebsefangens gegangen, daß es keiner weiteren Anordnungen unseres Vaters bedurfte. Wenn wir drei Mädchen aus dem Boot auf den Schlick stiegen, ergriff meine kleine Schwester einen Kleiesack und warf mir auch einen zu, während meine große Schwester ihren Krebshaken nahm, den wir für die Krebse brauchten, die zwischen den Mangrovenwurzeln hervorgeholt werden mußten. Vater blieb auf dem Boot und folgte uns mit diesem langsam nach. Er erlaubte niemals, daß wir eine Ginny, einen weiblichen Krebs, an Bord brachten. Falls wir es dennoch taten, mußten wir ihn zurückbringen. Wir sammelten genug Krebse, um den Stamm satt zu kriegen, aber nicht mehr. Wir gingen nur alle drei Monate zum Krebsesammeln.

Damals gab es genug Krebse. Heute nicht mehr. Die menschliche Gier und der sorglose Umgang mit dem Gleichgewicht in der Natur haben die Mangrovenkrebse auf Stradbroke fast aussterben lassen.

Die Seekühe kommen!

Old Sammy von Myora war der Seekuh-Fänger. Vor vielen Jahren war Myora eine Missionsstation für Aborigines auf der Insel Stradbroke gewesen. Und einige Aborigines waren unter die sogenannte »Schutzhaft« der Missionare gestellt worden. Die Missionare kamen vom Festland; normalerweise waren es Freiwillige, die in dem Glauben handelten, daß der Aboriginal ihrer christlichen Führung bedurfte. Jeder neue Missionar, der in Myora ankam, hatte eine andere Konfession als sein Vorgänger; einmal kam sogar ein Anhänger des Buddhismus. Wir Kinder folgten ihm in den Busch, wo er kleine geschnitzte Götzenbilder in den Ästen der Bäume versteckte. Der weiße Mann nannte den Platz Myora, wahrscheinlich, weil er den Aboriginal-Namen *Moongalba* nicht richtig verstand.

Beim ersten Anzeichen, daß die Seekühe wiedergekommen waren, nahm Sammy seine Netze mit raus in die Moreton-Bay. Im Juli kamen die Seekühe in die Bucht, um ihre Jungen zu säugen, bis sie groß und stark genug für ihre Reise in den Pazifischen Ozean waren. Seekühe ernähren sich von Seetang, und wenn durchgekautes Gras an der Oberfläche schwamm und von der einlaufenden Flut an Land geschwemmt wurde, dann wußten wir, daß die Seekühe wieder in der Bucht eingetroffen waren.

Die Seekuh ist ein Säugetier. Sie kann sich an Land und im Wasser bewegen. Sie ist ein großes Tier – einem Seehund sehr ähnlich.

Das Fleisch ist eine Delikatesse und war eines der Hauptnahrungsmittel der Aborigines.

Wenn Sammy die Netze inspizierte, um zu sehen, ob er eine Seekuh gefangen hatte, spielten wir Kinder immer auf den Hügeln, um seine Rückkehr nicht zu verpassen. Wenn ein weißes Tuch am Mast seines Bootes flatterte, wußten wir, daß er Erfolg gehabt hatte. Dann war es unsere Aufgabe, dem Stamm anzukündigen, daß eine Seekuh gefangen worden war. Sobald wir das weiße Tuch im Wind wehen sahen, zerstreuten wir uns in alle Richtungen und riefen den Frauen zu: »Die Seekuh kommt!«

Die Frauen ließen alles stehen und liegen, ergriffen ihre leeren

Vorratstaschen und Zuckersäcke und fanden sich am Sammel- und Verteilplatz an der Bucht ein.

Bis der ganze Stamm zusammengekommen war, lag die Seekuh schon auf dem Sand am Fuße des Gapembah-Hügels. Die Kinder neckten sich und brüllten sich die Seele aus dem Leib, und die Frauen tratschten im Schatten eines großen Mangobaumes. Die Männer gruppierten sich um die Seekuh, und Sammy gab Anweisungen, wie sie für das Zerlegen zu plazieren sei.

Das Austeilen des Fleisches war einfach. An jede Familie wurde soviel verteilt, daß sie satt wurde. Wenn ein Mann zehn Kinder hatte, bekam er eine größere Portion als ein Mann mit zwei Kindern. Das ist die Art und Weise, wie Aborigines teilen, nämlich entsprechend der Größe der Familie.

Meine Mutter hatte sieben Kinder und war nur allzu froh, wenn Sammy einen Teil der Innereien, die Gedärme, in ihren Sack warf. Sie ließ uns mithelfen, das wertvolle Fleisch heimzutragen, aber die Innereien trug sie immer selber. Vielleicht fürchtete sie, wir würden sie verlieren.

Sobald wir heimkamen, zündete sie den Holzherd an und bereitete das Fleisch zum Kochen vor. Seekuhfleisch sieht ähnlich aus wie Rindfleisch. Mutter briet es im Ofen. Sie wusch die Gedärme gründlich in Meerwasser und kochte sie dann in einem Topf mit Wasser, bis sie weich waren. Dann mußten sie abkühlen, während Mutter einen Teil des Fleisches sowie Herz und Leber durch den Fleischwolf drehte. Dann wurde alles in die Gedärme geschoben und die Enden fest mit Bindfaden zugebunden. Danach kam alles nochmals in einen großen Wassertopf zum Kochen. Wir nannten das Gedärme-Wurst. Später hatte ich Gelegenheit, Scots haggis (schottisches Gericht aus gehackten Schafsinnereien und Haferschrot im Schafsmagen gekocht, Anm. d. Übers.) zu probieren und fand, daß es ähnlich schmeckte wie unsere Seekuh-Wurst. Ich mochte beides sehr gerne.

Heute, wo die Nahrung des weißen Mannes auch unter den Aborigines weit verbreitet ist, jagt der Stamm keine Seekühe mehr. Sie glauben, daß es gegen das Naturgesetz »Töten, um zu essen« verstößt, wenn man Seekühe jagt, obwohl man einen vollen Bauch hat. Sie glauben, daß der Allvater sie ernstlich bestrafen würde, wenn sie Seekühe aus Gier töteten – und daß der Allvater einen ihrer Stammesangehörigen als Ausgleich dafür nähme.

Immer noch säugen die Seekühe ihre Jungen in der Moreton-Bay, und ich bin sicher, daß sie sich wundern, was aus ihrem Feind, dem schwarzen Mann, geworden ist. Manchmal, wenn ich im Juli das von der Flut angespülte zerkaute Seegras sehe, läuft mir das Wasser im Mund zusammen. Aber die Gesetze des Stammes sind richtig, und niemand würde sie lediglich aus Sehnsucht nach den alten Zeiten brechen.

Rautenschlange
(Carpet Snake)

Sie war wunderschön, diese drei Meter lange Rautenschlange, die wir als Haustier hielten. Mein Vater gehörte dem Stamm der Noonuccal auf der Insel Stradbroke an, und die Rautenschlange war sein Totem. Er kümmerte sich immer um seinen Blutsbruder. Meine Mutter gehörte einem anderen Stamm an. Die Rautenschlange war nicht ihr Totem. Sie haßte *Old Carpie*, denn diese stahl. Mutter war stolz auf ihr Hühnergehege und die Eier, die unsere Hühner legten. Auch Carpie mochte das Hühnergehege; jedesmal, wenn sie hungrig war, schlich sie hinein, wählte die allerbeste Henne aus dem Gehege aus und verschlang sie. Sie trickste Mutter aus, egal, was sie sich einfallen ließ, um ihre Hühner vor Carpies ausgehungertem Bauch zu retten. Aber trotz allem war Mutter nicht mutig genug, die Axt auf Carpies Kopf niedersausen zu lassen. Wir wußten alle, daß sie oft am liebsten genau das getan hätte. Ich glaube, zwei Dinge hielten sie davon ab: ihr tiefer Respekt vor Vaters unabänderlichen Entscheidungen, was den Hausbereich anbetraf, und ihre Furcht vor der Strafe durch Biami, den Allvater, wenn sie aus Zorn tötete.

Alle – außer Mutter und dem Hund – mochten Carpie. Der Hund ging ihr aus dem Weg, er hatte einen Heidenrespekt vor ihr. Er wußte wohl, daß eine drei Meter lange Rautenschlange sich um einen Hund wickeln konnte, um ihn blitzschnell ganz zu verschlingen.

Wann immer Mutter dachte, daß keines von uns Kindern in der Nähe war, fluchte sie auf Old Carpie – und Mutters Flüche konnten die eines jeden australischen Viehtreibers übertreffen.

Einmal war Mutter für einige Tage im Krankenhaus. Als sie wiederkam, brachte sie eine brandneue kleine Schwester mit. Wir betrachteten das Baby, das in seinem Kinderbettchen schlief, mit ehrfürchtiger Scheu. Auch der große schwarze Hund betrachtete das Baby und schien seine Ankunft gutzuheißen.

Später scheuchte uns Mutter raus zum Spielen, deckte das schlafende Baby liebevoll zu und kochte sich eine Tasse Tee. Freunde und Nachbarn kamen, um sie zu begrüßen. Wir spielten in unserem Sommerhaus, das Vater aus der Rinde des Teebaums gebaut hatte, um die kühle Brise einzufangen, die von der Bucht hereinwehte. Wir hörten die Frauen lachen und tratschen und das Klappern der Teetassen. Als die Nachbarn gegangen waren, sah Mutter voller Stolz nach ihrem Baby.

Plötzlich hörten wir Mutters Stimme, die sich zu einem kreischenden Schrei steigerte, als sie nach draußen rannte, um Vater zu rufen. Vater verstand die Dringlichkeit ihres Schreis, ließ seinen Hammer fallen und rannte los.

Mutter sah aus, als erlitte sie einen Anfall. Sie sprang auf und ab, um den langstieligen Besen zu erwischen, und fluchte wie ein Viehtreiber. Wir wußten, daß etwas Schreckliches passiert sein mußte, sonst würde sich Mutter nicht so benehmen. Sie handelte nicht in allen Notfällen gleich. Wir wußten, das hier war ernst.

»Hör' auf zu schreien, Frau!« befahl Vater. »Was ist los?«

Mutter zeigte mit zitterndem Finger zum Schlafzimmer. »Schmeiß das gefräßige Reptil aus meinem Schlafzimmer!«

Vater betrat das Schlafzimmer. Old Carpie hatte sich im Kinderbett zusammengerollt beim Baby niedergelassen, das jetzt hellwach war und brüllte.

Carpie schien die Situation in Sekundenschnelle zu erfassen. Sie schlängelte sich von der Bettdecke auf den Boden und aus der Tür.

Der Hund versuchte, die Familie zu unterstützen, tänzelte drohend auf die Schlange zu und stieß grollende Laute aus. Er war jedoch sehr erleichtert, als Vater ihn zurückrief.

Als Carpie verschwunden war, gewann Mutter schließlich ihre Fassung wieder. »Und du, merk' dir eins, du sturer Esel, diese Schlange hätte mein Baby verschlingen können«, hielt sie Vater entgegen.

»Sei nicht albern, Frau, warum sollte sie dein Baby verschlingen, wenn sie jederzeit deine Hühner haben kann?« erwiderte Vater scharf und schoß aus der Tür, bevor Mutter sich eine Antwort überlegen konnte.

Nach all dem benahm sich Old Carpie genauso wie vorher, sie wanderte durch das Haus, wohin sie wollte. Sie stahl weiterhin Hühner und Eier und schlief genau da, wo sie wollte – allerdings versuchte sie nie mehr ins Kinderbett meiner kleinen Schwester zu kriechen. Ich mochte es gerne, wenn ich sie auf dem WC vorfand, wo sie sich verkrochen hatte. Gewöhnlich streckte sie sich lang über einem Balken in der Decke aus. Ich saß manchmal stundenlang im WC, um ihr meine innersten Geheimnisse zu erzählen, ich genoß es, daß Carpie die Unterhaltung nie unterbrach oder einfach wegkroch. Meine Mutter warf mir oft vor, daß ich mich bloß vor den Haushaltspflichten drücken wolle, wenn ich so lange Zeit auf dem WC verbrachte. Das war nicht ganz richtig; ich wollte nur meine Geheimnisse mit Carpie teilen.

Als Vater starb, verloren wir Carpie. Sie verschwand einfach. Wir haben nie erfahren, was passierte. Vielleicht hat Biami, der Allvater, ihr zugeflüstert: »Dein Blutsbruder ist ins Schattenland gegangen. Deine Tage sind gezählt. Verschwinde.«

Ich stelle mir gerne vor, daß sie noch irgendwo herumwandert. Vielleicht hat sie ein besseres Hühnergehege gefunden. Ich wünsche es ihr. Frauen sind übrigens eigenartig. Als mein Vater starb und Carpie verschwand, hat meine Mutter sich entschieden, das Hühnergehege aufzugeben. Sie hatte irgendwie das Interesse daran verloren.

Der Familienrat

Der Familienrat hielt eine seiner vielen Sitzungen ab. Das Beschwerde führende Team brachte seinen Standpunkt vor. Meine beiden Schwestern und Brüder beklagten sich, daß ich mein Soll bei der Jagd nicht erfüllte. Sie konnten sich alle einer stattlichen Anzahl Vögel und Tiere rühmen, die sie für die Speisekammer heimbrachten. Obwohl ich immer mit ihnen auf die Jagd ging, war ich weder mit meiner Schleuder noch mit meinen Beutelratten-Fallen erfolgreich.

Sie warfen mir vor, ich würde zuviel vor mich hinträumen, Blumen pflücken, nach abgeworfenen Federn suchen, oder aber ich würde Bäume, Tiere und Vögel in den Sand zeichnen. Das machte in ihren Augen sowieso keinen Sinn, weil das Wasser mit der aufsteigenden Flut meine Bemühungen wieder zunichte machte. Und wenn ich all dies nicht tat, beschwerten sie sich, dann würde ich durch den Busch stampfen.

Sie hatten recht. Ich brachte nie irgendwelche Vögel oder Tiere für die Speisekammer heim. Allerdings versuchte ich das anders wieder wettzumachen.

Mein ältester Bruder durfte die erste Beschwerde gegen mich vorbringen: »Sie sollte von dem, was wir heimbringen, nichts zu essen abkriegen«, sagte er. »Sie trampelt im Schlick herum und stapft ausgerechnet dann durch den Busch, wenn ich einen extra fetten Vogel anvisiere – und dann verfehle ich ihn, weil meine blöde Schwester ihn gewarnt hat.«

Mein zweiter Bruder sagte düster: »Ich glaube, sie steht so früh auf, damit sie als erste bei den Beutelratten-Fallen ist und die Tiere freilassen kann.«

Jetzt schaltete sich meine ältere Schwester ein: »Sie will die Vögel und Beutelratten, die wir gefangen haben, nicht einmal mit heimtragen.«

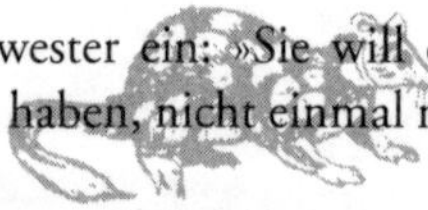

Meine kleine Schwester kam auch noch an die Reihe: »Sie setzt sogar Spitfire in ihre Beutelratten-Fallen, um die Beutelratten zu verscheuchen. Ihre Katze ist genauso wild wie sie! Niemand außer ihr darf Spitfire zu nahe kommen. Sie hat sie dressiert, um uns zu erschrecken.«

Als mein Vater mich aufforderte, mich zu rechtfertigen, hatte ich nicht viel zu sagen. Ich konnte nur anführen, daß es zwar stimmte, daß ich kein Wild fing, daß es aber nicht stimmte, daß ich es absichtlich verjagte. Manchmal vergaß ich einfach, daß ich still und ruhig sein mußte. Und obwohl ich gewöhnlich früher aufstand als die anderen, ließ ich die Beutelratten nicht frei. Und meine kleine Schwester sollte sich mal an die eigene Nase fassen, denn ich stellte meine Beutelratten-Fallen genauso auf wie die anderen auch, aber immer, wenn ich nachschaute, ob ich eine gefangen hatte, fand ich statt dessen meine Katze in der Falle. Und so war es tatsächlich Spitfire, die ich freiließ, als mein Bruder mich beobachtete, und keine Beutelratte. Auf die Beschwerde meiner großen Schwester, daß ich die toten Vögel und Tiere nicht heimtragen würde, wußte ich nichts zu sagen. Ich teilte meinem Vater mit, daß ich das einfach nicht gerne tat.

Vater war der schlichtende Richter. Die Regeln waren einfach. Entweder stimmten wir seiner Entscheidung zu, oder wir lehnten sie einstimmig ab und baten um eine erneute Verhandlung. Nachdem er den Beschwerden und meiner Verteidigung zugehört hatte, war es nun an ihm, die Klage nach Möglichkeit zurückzuweisen. Ich war ihm dabei wirklich keine große Hilfe gewesen.

Er wandte sich meinen Brüdern und Schwestern zu: »Wer fängt die meisten Fische und geht viel öfter als ihr alle zum Angeln?«

Sie mußten zugeben, daß ich der beste Fischer in der Familie war.

»Und wer weiß am besten, wo die Krebse zu finden sind, und fängt sie?« fuhr mein Vater fort.

Und wieder mußten sie zugeben, daß ich das war.

»Und die Meeresfrüchte – wie oft werden die gesammelt, und wer macht sich die Mühe, die Säcke damit zu füllen?«

Ja, sie gaben zu, daß ich das tat.

»So«, sagte mein Vater, »eure Schwester hat ihren Platz am Eßtisch verdient. Auch ein Fischer muß essen, damit er angeln gehen kann.«

Danach gab es nie wieder Beschwerden dieser Art gegen mich. Die anderen akzeptierten, daß ich nicht jagen konnte und daß sich das nicht ändern würde. Ich ging weiter angeln, suchte Krebse und sammelte Meeresfrüchte – und ich trug weiterhin Federn, Farne und Blumen zusammen, während meine Brüder und Schwestern sich um die Jagdbeute kümmerten.

Der Tank

Mein Vater hielt ständig nach Dingen Ausschau, die das Leben für uns alle ein bißchen leichter machten. Da nie genug Geld da war, um das zu kaufen, was wir brauchten, mußten wir das Beste aus dem machen, was wir auflasen – meist auf der Müllkippe des weißen Mannes.

Eines Tages kam mein Vater mit einem alten, löchrigen Wassertank von der Arbeit heim, der auf dem Rollwagen festgebunden war. Ich kann mich noch sehr gut an das alte Zugpferd erinnern, das früher den Wagen zog – natürlich war beides Staatseigentum. Es sah immer aus, als wenn es gleich überschäumen würde und hieß daher Soda. Einer von Vaters Kollegen half ihm, den Tank abzuladen, und als sie ihn hinter das Haus getragen hatten, kam meine Mutter, um ihn zu inspizieren.

»Und wozu«, fragte sie, »soll dieses löchrige Ding gut sein?«

Vaters Blick befahl ihr, abzuwarten.

Am nächsten Tag ging Vater an die Arbeit. Er baute einen Ständer für den Tank, und dann halfen alle Familienmitglieder und Freunde, die er auftreiben konnte, den Tank auf den Ständer zu hieven.

Mutter stemmte die Arme in die Hüften – so wie sie es immer tat, wenn Vater ihr nicht erklären wollte, was er zu tun beabsichtigte. »Er ist mit Löchern durchsiebt, er kann kein Wasser halten, so was...« Sie zog die Augenbrauen hoch und wartete auf Vaters Antwort.

»Ich werde Zement besorgen und ihn innen abdichten. Dann wird er Wasser halten, oder?« erwiderte Vater.

»Das ist keine schlechte Idee«, meinte Mutter. »Aber wovon willst du den Zement kaufen, du bist nicht gerade ein Millionär.«

Ihr Sarkasmus prallte an Vater ab. Er griff nach seinem Hut, winkte zum Abschied und warnte uns, nicht zu nah an den sogenannten Tank zu gehen.

»Was für ein Tank!« brüllte Mutter ihm hinterher.

Mein Vater nahm nichts in Angriff, was er nicht vorher bis ins Detail geplant hatte. Er wußte bereits seit einiger Zeit von dem ausrangierten Tank auf der Mülldeponie, aber er wollte bis zu seinen Ferien warten, bevor er irgendetwas unternahm, damit er ohne Unterbrechung an der Arbeit bleiben konnte.

Später kam er mit einigen Säcken Zement zurück, die er in den angebauten Schuppen trug. Mutter, die nichts davon hielt, etwas zu nehmen, ohne dafür zu bezahlen, bedrängte Vater mit Fragen, woher er den Zement hatte, und Vater tat stur so, als ob er diese Fragen nicht gehört hätte.

»Euer Vater kann ziemlich taub sein, wenn er will«, bemerkte sie.

Aber sie verstand sein Schweigen. Zwischen meinen Eltern gab es eine Abmachung, an die sie sich hielten, wenn wir Kinder dabei waren. Wenn Vater etwas heimbrachte, das er gefunden hatte oder das ihm jemand gegeben hatte, beantwortete er Mutters Fragen. Wenn er etwas »geborgt« hatte, das eigentlich dem Staat gehörte, beantwortete er ihre Fragen einfach nicht. Vaters Lebensphilosophie war einfach: Wenn man wirklich etwas brauchte, das man sich nicht leisten konnte, dann sollte man es sich nehmen. Er war nicht der Ansicht, daß das schlecht sei. Es war nicht sein Verschulden, daß er nie viel Geld hatte. Die Schuld lag beim Staat, der so niedrige Löhne an Aborigines zahlte. Wir brauchten wirklich einen Wassertank, und ich wußte, daß Vater ihn gezahlt hätte, wenn das Geld dafür da gewesen wäre.

Jetzt kriegte er uns alle dran, Sand und Kies zu schleppen, um den Zement zu mischen. Wir Kinder wurden in Vaters Do-it-yourself-Projekte immer mit eingespannt. Sobald der Zement fertig war, stellte Vater eine Leiter an den Tank. Er kletterte zum Rand, setzte sich darauf, zog die Leiter hoch und ließ sie in den Tank gleiten. Dann stieg er hinein und rief uns zu, die Leiter wieder herauszuziehen und wieder von außen gegen den Tank zu lehnen. Wir beiden älteren Mädchen mußten abwechselnd hochsteigen und ihm die benötigten Werkzeuge runterschmeißen: Hammer, Meißel, Kombizange, Nägel, Draht... Meine kleine Schwester mußte die Leiter festhalten. Nachdem Vater alles zu haben glaubte, was er brauchte, wurden meine Schwester und ich zum Laden geschickt, um die Lebensmittel abzuholen. Meine kleine Schwester blieb da, um Vater zu helfen, falls er noch irgendetwas brauchte.

Meine Mutter war mit Kochen beschäftigt; sie hatte mittlerweile das Interesse an Vaters Zementiererei verloren. Sie rief meine kleine Schwester ins Haus, um den Mittagstisch zu decken. Also ging sie rein und begann mit Messern und Gabeln zu klappern.

Mutter schaute aus dem Fenster und sah, daß die Leiter gegen den Tank lehnte. »Warum können die Leute die Dinge nicht wegräumen, wenn sie sie nicht mehr brauchen«, nörgelte sie. Sie ging raus und wuchtete die Leiter dorthin, wo sie immer war, wenn sie nicht gebraucht wurde – unter das Haus.

Währenddessen kamen meine Schwester und ich vom Einkaufen zurück. Wir bemerkten, daß die Leiter nicht länger am Tank lehnte und schlossen daraus, daß Vater weggegangen war. Das dachte auch meine kleine Schwester, als sie sah, daß die Leiter weg war. Der Lunch war fertig, und Mutter rief uns rein zum Essen. Da Vater nicht kam, stellte sie seinen Teller sorgfältig in den Ofen und wunderte sich, daß er weggegangen war, ohne ihr zu sagen, wann er wiederkomme.

Nach dem Essen räumten wir im Handumdrehen den Tisch ab und spülten das Geschirr, damit wir schwimmen gehen konnten. Mutter zog sich in ihr Bett zurück, froh, aus der heißen Küche zu entkommen und mit der Aussicht auf einen kinderfreien Nachmittag. Sie legte sich hin und blinzelte verträumt aus dem Fenster. Als erstes sah sie einen Hammer durch die Luft fliegen, dann einen Meißel, gefolgt von Drähten, Steinen, Nägeln, Schrauben… Vater leerte seinen Werkzeugkasten.

Mutter stand vom Bett auf und wunderte sich, woher all diese Dinge kamen. Plötzlich dämmerte es ihr. Sie rannte zum Tank, klopfte an seine Wand: »Ted, bist du da drinnen?« fragte sie.

Vaters Stimme war vom Staub im Tank ganz heiser. »Nein, ein verdammter Ochsenfrosch kurz vorm Ausflippen!« brüllte er.

»Okay, okay, brüll nicht so rum mit mir«, warnte ihn Mutter.

Sie rannte runter ans Meer und holte uns aus dem Wasser. Bald hatten wir die Leiter am Tank, und es gelang uns, sie Vater herunterzureichen, damit er herausklettern konnte.

»Warum zum Teufel bist du nicht da geblieben, wie ich es dir gesagt habe?« fragte mein Vater meine kleine Schwester.

»Mama hat mich zum Tischdecken gerufen«, erklärte sie.

Vater erhob seine Augen zum Himmel. »Genau das ist das Problem. Hier gibt es zu viele Chefs!«

Klugerweise ignorierte Mutter seine Bemerkung.

Am nächsten Tag machte Vater weiter, aber diesmal behielt er die Leiter bei sich im Tank, und sie blieb dort, bis er wieder herauskommen wollte.

Wenn es regnete und der Tank sich füllte, genossen wir den Luxus dieses zusätzlichen Wassers.

Wo ist Mutter?

Meine Schwester und ich hatten am Strand neben dem Bächlein gespielt. Die ungeteerte Straße lief etwa eine viertel Meile am Strand entlang, bevor sie nach links abbog und sich im Buschlaubwerk verlor. Wir hatten den Nachmittag im Spiel mit einigen weißen Kindern verbracht, die am Bach zelteten.

Um dem lebhaften Treiben in der Stadt auf dem Festland zu entgehen, kam ihre Großmutter jedes Jahr mit ihnen zu einem Campingurlaub hierher. Diese Kinder fügten sich in die Aboriginal-Gemeinschaft bestens ein, und zwischen ihnen und dem Aboriginal-Stamm hatte sich eine beständige Freundschaft entwickelt.

Ich schaute in den Himmel hinauf und wunderte mich, daß Mutter uns noch nicht ins Haus gerufen hatte. Die Sonne ging schon fast unter.

Der Himmel wechselte von Blau zu Altrosa. Müßig schaute ich die Strandstraße rauf und runter. Ich sah eine in Rosa gekleidete Gestalt um die Biegung verschwinden. Rosa wie die Wolken des Sonnenuntergangs.

»Findest du es nicht komisch, daß Mutter uns noch nicht heimgerufen hat?« fragte ich meine Schwester.

Sie zuckte mit den Achseln.

»Weißt du was?« fuhr ich fort. »Ich glaube, ich habe Mama gerade eben in ihrem besten rosa Kleid die Straße entlanggehen sehen.«

»Sei nicht albern«, sagte meine Schwester. »Mama ist zuhause.«

»Ich bin sicher, daß sie es war.«

»Mama würde nicht von zuhause weggehen, ohne uns Bescheid zu sagen«, antwortete sie.

»Warte hier auf mich«, befahl ich ihr. »Ich werde heimgehen und nachschauen, ob sie da ist.«

Ich ließ sie am Strand zurück und lief nach Hause. Ich schaute auf dem Hof nach, im Hühnerstall, sogar im WC, dann ging ich ins Haus. Vater ruhte sich auf seinem Bett aus und las Zeitung. Über den Brillenrand hinweg sah er mich an.

»Was machst denn du hier, Mädchen?« fragte er.

So wie er fragte, hatte er offensichtlich nicht damit gerechnet, daß ich heimkam.

»Oh, ich habe die Ruder zurückgebracht«, antwortete ich. Ich hatte immer eine überzeugende Antwort parat, wenn es nötig war. Ich ahnte plötzlich, daß Mama und Vater uns ausgetrickst hatten, und so störte es mich nicht sonderlich, daß ich ihn angelogen hatte. Ich überließ meinen Vater wieder seiner Zeitung und kehrte zu meiner Schwester zurück.

»Und?« fragte sie.

»Mama ist nicht daheim«, sagte ich.

Sie wollte es kaum glauben. Noch nie hatten wir erlebt, daß Mutter das Haus verließ, ohne den einen oder anderen von uns mitzunehmen. Zu jenem Zeitpunkt war meine Schwester sechs Jahre alt und ich ein Jahr älter.

»Ich wußte doch, daß es Mama war, die in dem rosa Kleid die Straße entlanglief«, sagte ich zu meiner Schwester. »Sie muß zu einem Konzert oder so gegangen sein, ohne uns mitzunehmen oder uns auch nur zu erzählen, wohin sie ging. »Sie muß die weiße Frau gebeten haben, auf uns aufzupassen.« Ich hatte mich daran erinnert, daß heute abend ein Konzert in unserer Gemeindehalle gegeben wurde.

»Das stimmt – man hat uns gesagt, daß wir mit den anderen Kindern spielen und hierbleiben sollen. Es wird schon dunkel, und wir haben noch nicht einmal Abendbrot gegessen. War der Küchentisch für das Abendessen gedeckt?«

Ich schüttelte den Kopf. »Es war nicht mal ein Tischtuch drauf.«

»Dann müssen wir mit den anderen Kindern essen.« Meine Schwester klang irritiert. »Warum Mama wohl ganz alleine geht? Sogar ohne Vater?«

»Och, sie hat Vater schon oft zuhause gelassen, aber uns noch nie«, sagte ich. »Ich glaube, wir sollten zur Konzerthalle rüberlaufen und versuchen, Mama zu finden.«

»Und unser Abendessen?«

»Ich habe keinen Hunger. Du?«

»Nei...ein. Hatte ich gerade noch, aber jetzt nicht mehr.«

Ich nahm meine Schwester bei der Hand. »Komm, wir gehen Mama suchen.«

Sie zögerte. »Sollten wir nicht Bescheid sagen, daß wir gehen?«

Ich schaute zu den anderen Kindern und ihrer Großmutter hinüber. »Nein«, antwortete ich bestimmt. »Sie würden uns nicht gehen lassen. Wir werden niemandem etwas sagen.«

Dann setzten wir uns in Richtung Gemeindehalle in Bewegung, einem Holzbau mit einem Wellblechdach, der etwa fünf Meilen von uns entfernt lag. Ich folgte dem unbefestigten Pfad, den wir Straße nannten. Es war dunkel, und ich bekam Angst. Ich überlegte, ob der starke Bulle wohl außerhalb seiner Koppel sein könnte. Wir legten die Entfernung halb rennend, halb gehend zurück, und schließlich sahen wir die Lichter der Halle. Wir liefen auf die geöffnete Tür zu. Die Halle war gerammelt voll, sogar mitten im Eingang standen Männer, um sich die Show anzusehen. Die Frauen saßen alle in der Halle drin auf Stühlen.

Ich war ganz sicher, daß Mama dort drinnen saß. Fest entschlossen, sie zu finden, zerrte ich heftig an der Jacke eines im Eingang stehenden Mannes. Er drehte sich um und blickte erstaunt zu uns herunter. Wir starrten zu ihm herauf. Er betrachtete unsere dreckigen Kleider, strubbeligen Haare und nackten Füße, dann bahnte er uns einen Weg durch die Männer, die neben ihm standen.

Ich konnte gerade noch feststellen, daß auf der Bühne ein Zauberer seine Kunststücke vorführte, als der Mann, der uns den Weg gebahnt hatte, einer wunderschönen Frau, die glücklich und entspannt in ihrem rosa Kleid auf einem der Stühle saß, zuflüsterte:

»He, Lucy, schau mal.«

Mutter drehte sich um und sah uns. Schock und Überraschung malten sich in ihrem Gesicht ab, dann griff sie schnell nach ihrer Handtasche und verließ die Halle.

»Um Gottes willen, wo kommt ihr denn her? Schaut nur eure dreckigen Gesichter und Kleider an! Wie seid ihr hierher gekommen?« fragte sie.

»Wir sind gelaufen«, sagte ich.

»Manchmal sind wir auch gerannt«, meinte meine Schwester.

Meine Mutter seufzte. »Kommt, wir gehen heim.«

»Können wir nicht mit dir das Konzert anschauen?« fragte ich hoffnungsvoll.

»In diesem Zustand? Ich würde mich schämen, neben euch zu

sitzen. Nein, wir gehen heim. Ihr habt mir den ganzen Abend verdorben.« Mutter klang traurig und auch verärgert.

Als wir uns dem Haus näherten, herrschte großer Aufruhr. Überall bewegten sich Taschenlampen und Laternen auf und ab. Männer, Frauen und Kinder suchten die Schlammgebiete der auslaufenden Ebbe ab, die Mangrovensümpfe und Adler-Farne. Die alte weiße Großmutter stand am Strand und hielt eine Karbidlampe hoch in die Luft. Sie überwachte geschäftig die Suchaktion, als wir mit Mutter zurückkamen. Die alte Dame war so erleichtert, meine Schwester und mich heil und gesund vor sich zu sehen, daß sie zunächst keinen Ton herausbrachte. Sie hob eine blecherne Kuhglocke auf, die sie sonst benutzte, um ihre Enkelkinder zu rufen, wenn diese schwimmen waren, und läutete sie lange und laut, um die Suchenden wissen zu lassen, daß wir wieder aufgetaucht waren.

Das half ihr, die Fassung wiederzufinden. Dann explodierte sie.

»Ihr bösen, bösen Mädchen, einfach so wegzulaufen! Ich hätte beinahe einen Herzanfall gekriegt. Ich weiß, daß eure Mutter euch bestrafen wird – und ihr habt es wahrhaftig verdient.«

Als wir schließlich heimkamen und ins Bett gebracht wurden, schlief meine Schwester ein, kaum daß ihr müder Kopf das Kissen berührt hatte. Ich lag da und zählte die Sterne, die mir durch das offene Fenster zublinkten. Im Zimmer nebenan hörte ich Mutter und Vater miteinander streiten. Ich wußte, daß Mutter Vater Vorwürfe machte, daß er nicht auf uns aufgepaßt hatte.

»Zum ersten Mal habe ich die Möglichkeit, mir ohne die Kinder einen schönen Abend zu machen, und was passiert?« Mutter sprach leise, um uns Kinder nicht aufzuwecken. Mir kam das Ganze allerdings sehr einseitig vor. »Lieg nicht einfach da und tu so, als ob du mich nicht hören würdest«, fuhr Mutter fort.

Das Quietschen der Bettfedern bedeutete, daß Vater ihr den Rücken zugedreht hatte, wohl in der Hoffnung, daß sie dann aufhören würde. Das tat sie aber nicht.

»Laß es ganz einfach gut sein, Frau,« sagte er schließlich. »Laß es gut sein.«

Schließlich war alles still. Ich zählte weiterhin Sterne, bis auch ich einschlief.

Die Linkshänderin

Ich war Linkshänderin. Das schien eigentlich keine Rolle zu spielen... bis ich in die Schule kam. Schnell wurde mir klar, daß das Schulamt in jenen Tagen nichts davon hielt, wenn ein Kind mit der linken Hand schrieb oder nähte. Ich machte viele schmerzhafte Erfahrungen, wenn ich mich weigerte, den Bleistift in der rechten Hand zu halten. Oft traf das Lineal des Klassenlehrers mit voller Wucht die Knöchel meiner linken Hand. Ich mußte nachgeben und so gut es ging mit der rechten Hand schreiben. Aber vor der Handarbeitslehrerin konnte ich lange verbergen, daß ich die linke Hand für die Nadelarbeit benutzte.

Wenn die Handarbeitslehrerin meine Nadelarbeit aufnahm, um mir den Anfang zu zeigen, hielt sie Nadel und Faden in der rechten Hand und nähte von rechts nach links. Dann übergab sie mir das Muster, in dem Glauben, daß ich es genauso weiterführte. Ich fand bald heraus, daß ich mit der linken Hand von links nach rechts nähen konnte, wenn ich das Muster einfach umdrehte.

Ich paßte jedesmal gut auf, daß niemand sah, was ich tat. Ich senkte den Kopf und hielt das Muster unter das Pult, während ich nähte. Ich war gut in Nadelarbeit, und die Lehrerin konnte sich darauf verlassen, daß ich stets eine gute Arbeit abgab. Immer lobte sie mich.

Alles ging gut, bis zu jenem Morgen, als ich wie üblich in der Handarbeitsstunde saß und meinen Kopf über die Arbeit beugte. Ich wollte so gerne draußen im warmen Sonnenschein sein. Ich hörte die Märzfliegen, die gegen die Fensterscheiben brummten – wie ich gefangen in diesem Klassenraum. Sie flogen mit dem Wind herein und kamen nicht mehr heraus. Einmal war ich ans Fenster gegangen und hatte versucht, es zu öffnen, um die Fliegen zu befreien. Der Klassenlehrer hatte mir befohlen, an meinen Platz zurückzukehren und wollte wissen, warum ich ohne Erlaubnis aufgestanden sei. Das konnte ich nicht erklären. Keiner der weißen Lehrer würde das verstehen. So starrte ich ihn nur an, und er schimpfte mich mürrisch und stur.

Während meine Hände die Nadel von links nach rechts führten, träumte ich von der Welt da draußen. Ich konnte das Kreischen der blauen Bergpapageien hören, sie riefen und riefen und versuchten, mich hier wegzulocken... Ich dachte an mein kleines Dinghi und meine Angelschnur, an die Stellen, an denen ich die fetten Sandwürmer ausgrub, denen die großen Weißlinge nicht widerstehen konnten, die mit der einlaufenden Flut hereinschwammen. Ich dachte, noch zwanzig Minuten, dann habe ich frei und kann die eine Meile nach Hause rennen. Die Flut stünde dann gerade richtig, um den großen Weißling zu fangen.

Ich hatte nicht bemerkt, daß die Handarbeitslehrerin ihren Tisch verlassen hatte und neben mir stand. Plötzlich legten sich zwei weiße Hände fest auf mein Pult. Unsanft wurde ich aus meinen Angelträumen gerissen. Ich starrte erstaunt auf die kleine Uhr am Handgelenk der Lehrerin.

»Schau mich an«, befahl die Lehrerin.

Ich sah sie an, dann senkte ich schnell wieder den Blick.

»Du weißt doch, daß es verboten ist, mit der linken Hand zu nähen!« erklärte mir die Lehrerin mit lauter und ärgerlicher Stimme. »Wie lange hast du mich schon so getäuscht? Du bist ein sehr stures, ungezogenes Mädchen!«

Ich spürte, daß alle anderen Kinder mich ansahen. Die Lehrerin schimpfte weiter mit mir; zuerst schämte ich mich, dann war es mir peinlich, und zum Schluß wurde ich sehr wütend. Ich biß grimmig die Zähne zusammen, ließ meine Nadelarbeit auf den Boden fallen und senkte meine geballten Fäuste auf das Pult.

»Untersteh dich, deine Fäuste so zu ballen«, sagte die Lehrerin.

Aber mich kümmerte nicht länger, was sie sagte. Ich schaute auf meine linke, fest geballte Hand. Sie brachte mir nichts als Ärger. Plötzlich hob ich die linke Faust und ließ sie auf das glänzende Ziffernblatt der Armbanduhr krachen. Ich fühlte Blut. Da war Blut auf der Hand der Lehrerin. Ob das alles mein Blut war?

Die Lehrerin schrie vor Schmerz auf und zog ihre Hände weg. Sie drehte sich um und floh aus dem Klassenzimmer.

Alsbald kam der Klassenlehrer herein. Ich mußte durch die schockierte Klasse nach vorne laufen und stand schweigend vor ihm, als er seinen Rohrstock hervorzog. Er schlug mich sechsmal auf jede Hand. Ich dachte, daß mein Vater wohl einen Brief bekommen würde. Sie würden Geld für die zerbrochene Armbanduhr verlangen. Ja, sie würden ihn für den Schaden zahlen lassen, den ich angerichtet hatte.

Wiederholung der Übung

Old Mac, der Klassenlehrer, korrigierte einen Stapel Übungshefte. Als er so hinter seinem Schreibtisch im Klassenzimmer saß, beobachtete ich ihn, wie er den Füller über das Papier gleiten ließ. Ich versuchte herauszukriegen, ob er sich mit meinem Heft beschäftigte. Als die Hefte zum Schluß ausgeteilt wurden, öffnete ich meins und sah die folgenden Worte in kraftvoller roter Tinte unter meiner Hausarbeit stehen: *Sehr schlecht und schlampig geschrieben. Übung wiederholen!*

Ich seufzte, war aber nicht überrascht. Ich hatte eine sehr schlechte Handschrift. Meine Schwestern und Brüder hatten eine schöne Schrift, aber ich mußte meine Hausarbeiten oft wiederholen. Meine Handschrift war sehr viel besser gewesen, bevor die Lehrer mir verboten hatten, mit links zu schreiben.

Abends, als ich mit meinen beiden Schwestern zuhause am Tisch saß, um Hausaufgaben zu machen, schaute ich auf die verhaßte rote Tinte in meinem Heft und schrieb alles nochmal neu.

Meine große Schwester hatte ihre Hausaufgaben beendet und schälte eine Banane. Ich beneidete sie; die Schularbeiten schienen ihr nie Mühe zu machen. Sie schaute auf mein Heft.

»Schon wieder neu machen?« fragte sie.

»Ich muß andauernd etwas neu machen«, grollte ich. »Hättest du nicht Lust, das für mich zu machen?«

Sie biß von ihrer Banane ab. »Für wieviel?«

»Ich werde dir einen Penny geben.«

Meine Schwester verzog das Gesicht. »Reicht nicht.«

»Twopence?«

Sie schüttelte den Kopf.

»Threepence.«

Sie biß nochmal von der Banane ab und grinste.

»Okay. Du weißt, daß ich nur einen Sixpence besitze. Du kannst ihn haben, wenn du deine Handschrift so verstellst, daß sie wie meine aussieht, nur ein bißchen ordentlicher.«

Meine Schwester überlegte eine Weile, dann nahm sie mein Heft hoch und studierte meine schlechte Schrift. »Wo ist das Geld?« fragte sie.

»Kannst du wirklich deine Handschrift so verstellen, daß der olle Mac nicht merkt, daß es deine ist?« fragte ich drängelnd.

»Na klar«, antwortete meine Schwester zuversichtlich.

Sie war bald mit der Übung fertig, gab mir das Heft zurück und steckte meinen Sixpence ein.

Am nächsten Tag, als Old Mac die neugeschriebene Hausarbeit in meinem Heft ansah, schaute er lange und eindringlich auf die Handschrift und rief mich dann vor die Klasse.

»Das ist nicht deine Handschrift«, sagte er streng. »Wer hat das für dich geschrieben?«

Ich antwortete nicht. Ich schaute auf den Boden und schwieg. Dann rief er meine große Schwester zu sich.

»Hast du diese Hausarbeit für deine Schwester gemacht?« fragte er und zeigte auf das Heft.

Sie sah keinen Grund, das zu verneinen und stimmte zu. Wir wurden beide mit dem Rohrstock für unseren Betrug bestraft, und Old Mac schrieb in seiner leuchtend roten Tinte quer über meine Hausarbeit: *Von jemand anderem als dem Inhaber dieses Heftes gemacht. Wiederholen!*

Ich ging zu meinem Pult zurück und schämte mich, entdeckt worden zu sein. Ich hatte nicht nur meinen wertvollen Sixpence verloren, sondern auch das Vertrauen, das man mir entgegengebracht hatte. Diese rote Schrift brannte in meinem Herzen. Aber was konnte ich denn gegen meine schlechtgeschriebenen Hausarbeiten tun. Schrieb ich sie selber, mußte ich sie neu machen, und wenn ich jemanden bezahlte, der es für mich tat, bekam ich Ärger – und mußte sie trotzdem neu machen. Ich genierte mich wegen dieser roten Tinte in meinem Heft. Sie belastete mich weit mehr, als Old Mac sich je hätte träumen lassen. Ich versuchte ordentlich zu schreiben, aber irgendwie schien es unmöglich zu sein. Ich war sicher, daß ich eine ordentliche Hausarbeit abgeben könnte, wenn man mich nur mit der linken, statt der rechten Hand schreiben ließe.

Ich mochte gar nicht daran denken, was mein Vater sagen würde, wenn er herausfände, was wir mit der zu wiederholenden Hausarbeit zu tricksen versucht hatten. Als ich am Abend Hausaufgaben machte, deckte ich mit meinem Unterarm die neue rote

Tinte zu und wiederholte die Übung auf der gegenüberliegenden Seite. Ich kam zu dem Schluß, daß es das beste sei, dieses Heft so schnell wie möglich voll zu kriegen und wegzuschmeißen, bevor er eine Gelegenheit hätte, es anzuschauen. Im nächsten Heft würde es sicherlich wieder genug Sätze in roter Tinte geben, aber nicht diese schrecklichen Worte, die unseren Betrug aufdeckten.

Ich nahm meinen Füller wieder auf und schrieb die Aufgabe nochmal, und diesmal gab ich mir überhaupt keine Mühe. Ich wußte ganz genau, daß mein gefaßter Plan Hausarbeit über Hausarbeit bedeutete, aber je eher ich das Heft vollkriegte, um so besser. Und überhaupt, wenn ich weiterhin so kritzelte und mir keine Mühe gab, würde es Old Mac vielleicht leid, *Wiederholen* auf jede Seite zu schreiben.

Meine Schwester schaute mir über die Schulter und holte tief Luft.

»Das ist ja scheußlich! Das mußt du bestimmt neu machen.«

Ich gab ihr keine Antwort, aber ich dachte zornig: »Jawohl, das hoffe ich sogar.«

Und meine Schwester ließ mich mitfühlend alleine am Tisch zurück.

Mamas Liebling

Vater hatte einen Ziegenkarren für uns gebaut. Vater baute Dinge für die Ewigkeit. Dies war eine stabile schwere Konstruktion. Sie bestand aus zwei großen Fahrradrädern und einem hölzernen Kasten. Sie sah aus wie eine große Schachtel auf Rädern mit zwei Schäften, die aus ihr hervortraten.

Wir benutzten den Karren für alle möglichen Transportarbeiten. Einer von uns – meist ich – spannte sich rückwärts ein wie ein Ziegenbock, nahm die Schäfte in die Hände und zog, während die anderen von hinten schoben. Wenn der Karren nicht im Arbeitseinsatz war, spielten wir Kinder damit. In unserem Garten wuchs hartes, festes Büffelgras, das alles überwucherte. Da wir so nah an den Mangrovensümpfen wohnten, wuchs es schnell, sattgrün und üppig. Wir wurden wahre Experten darin, mit dem Karren über das Gras zu rasen, besonders über die hervorstehenden, grasbewachsenen, kleinen Erdhaufen. Es spielte keine Rolle, wie ungestüm wir mit dem Karren umgingen, er hielt alles aus. Vaters Zimmermannsjob war so sorgfältig, daß er nicht einmal einen Nagel verlor.

Eines Tages beschlossen meine Schwestern und ich, alleine mit dem Karren zu spielen. Meine große Schwester ärgerte sich oft über meine kleine Schwester und nannte sie *Mamas Liebling.* Das stimmte, denn Mutter machte um meine kleine Schwester mehr Umstände, und dadurch war sie ein bißchen verwöhnt. Aber heute spielten wir einmal fröhlich und friedlich miteinander. Meine große Schwester ersann ein neues Spiel. Sie schlug vor, unsere kleine Schwester in den Karren zu setzen, und ich sollte – wie üblich – die Zugziege sein, während sie von hinten schob.

Wir hatten viel Spaß, meine kleine Schwester quietschte vor Vergnügen, und meine große Schwester befahl mir, mich voll ins Zeug zu legen und nicht so lasch zu sein. Ich war aber nicht lasch, ich gab, was ich konnte, um den Karren zu ziehen, aber das war ein kläglicher Versuch im Vergleich zu der unbändigen Kraft meiner großen Schwester. Im Eifer des Gefechts versuchte meine große Schwester mich anzutreiben, indem sie von hinten stärker schob. Wir drehten unsere Runden auch über die Spitzen der welligen kleinen Erdhügel hinweg, als meine klägliche Kraft plötzlich nachließ, ich das Gleichgewicht verlor und der Karren umkippte.

Meine kleine Schwester flog seitlich aus dem Karren heraus, als ich versuchte, mein Gleichgewicht wiederzufinden – aber der Karren war zu schwer für mich und kippte mit einem Rad auf den ausgestreckten Arm meiner kleinen Schwester, ich fiel auf sie drauf und meine große Schwester auf mich. Unsere kleine Schwester stieß einen Schmerzensschrei aus. Das tat sie immer, gleichgültig, ob sie verletzt war oder nicht.

Schließlich rappelten wir uns hoch und richteten den Karren wieder auf. Unsere kleine Schwester hielt ihren Arm und wimmerte. Meine große Schwester befahl ihr, mit der Schauspielerei aufzuhören. Wir wußten, wie gut sie das konnte – es gelang ihr allerdings nie, uns so zu beeindrucken wie Mutter. Sie hielt ihren Arm weiter fest, wimmerte und sagte: »Das erzähle ich Mama, ihr habt mir wehgetan!«

»Oh, wann wirst du endlich erwachsen, Mamas kleiner Liebling?« stieß meine große Schwester ärgerlich aus. »Sei nicht so eine Heulsuse!«

»Aber ihr habt mir wehgetan«, wimmerte meine kleine Schwester.

»Okay, wir haben dir wehgetan. Dafür darfst du uns jetzt auch wehtun. Das ist fair, oder? Du darfst uns so wehtun wie du kannst, vorausgesetzt, du sagst Mama nicht, was passiert ist.«

Meine kleine Schwester prügelte mit dem unverletzten Arm auf uns ein. »Das ist für dich, und das für dich«, schrie sie wieder und wieder, während sie auf uns einschlug.

Meine große Schwester winselte in vorgetäuschtem Schmerz und bat meine kleine Schwester um Nachsicht und darum, nicht so hart zuzuschlagen. Sie war selber eine große Komödiantin.

Wir entschlossen uns, den Karren in den Werkzeugschuppen zurückzustellen und ins Haus zu gehen. Meine kleine Schwester zockelte hinter uns her, ohne mit uns zu sprechen.

Während des Abendessens behielten meine große Schwester und ich sie im Auge, wir wußten nicht, ob sie uns verpetzen würde. Trotz des geschlossenen Paktes trauten wir ihr nicht. Aber Mutter bemerkte, daß ihre jüngste Tochter sehr wenig aß und außergewöhnlich still war. Auch war ihr Gesicht sehr angespannt. Mutter befahl sie ans Tischende, sah zu Vater herüber und sagte:

»Ted, das Mädchen sieht krank aus.«

Vater schaute seine jüngste Tochter an. »Komm mal her, Mädchen«, befahl er.

Er fuhr sanft mit der Hand über den halb erhobenen Arm, der irgendwie steif aussah. Plötzlich stieß sie einen Schmerzensschrei aus. Er klang sehr echt. Meine Schwester und ich schauten uns an.

»Mama, ich glaube, der Arm dieses Mädchens ist gebrochen«, sagte Vater.

»Wie konnte das passieren?« fragte Mama unsere Schwester, aber sie schaute nur mit schmerzerfüllten Augen zu uns herüber, während wir mit leerem Gesichtsausdruck zurückstarrten.

Vater begriff die Situation sehr schnell. »Okay«, wandte er sich an meine große Schwester, »was ist passiert? Wobei wurde dieses Mädchen verletzt?«

Meine große Schwester platzte mit der Karren-Geschichte heraus. »Wir haben nur zusammen gespielt«, schloß sie wenig überzeugend.

»Nun«, sagte Vater, »das Resultat eures Spielens ist ein gebrochener Arm, und wie kommen wir jetzt an einen Arzt? Ihr wißt ganz genau, daß der Arzt hier nur Weiße behandelt und keine Aborigines.« Vater war sehr verärgert.

Mutter nahm meine kleine Schwester in den Arm und sprach beruhigend auf sie ein, während Vater Befehle an unsere Brüder weitergab. »Rudert raus zum Kanal und schaut, ob ihr ein Boot findet, das sie zum Arzt auf das Festland bringt. Hoffentlich trefft ihr auf einen verständigen weißen Mann.«

Meine Brüder rannten zum Dinghi und fanden tatsächlich einen weißen Mann, der uns half. Er stellte Vater seine Yacht *Flockwing* als Rettungsschiff zur Verfügung, und ich ging als Hilfskraft mit an Bord. Wir setzten das Segel unter einer steifen Brise, und im Westen braute sich ein Sturm zusammen. Während der Fahrt verschlechterte sich das Wetter, aber Gott sei dank hielt der Motor durch. Der Zustand meiner Schwester verschlimmerte sich während der Überfahrt, sie war wirklich krank. Der Arzt auf dem Festland behielt sie über Nacht im Krankenhaus. Sie stand unter Schock und war seekrank – und das alles zusätzlich zu dem gebrochenen Arm.

Was mit meiner großen Schwester und mir passierte? Wir bekamen die Prügel unseres Lebens von Mama – und wenn sie sauer war, konnte sie hart und treffsicher zuschlagen.

Als meine kleine Schwester vom Festland zurückkam, wurde sie als VIP behandelt, und beide, Mama und Vater, verwöhnten sie übermäßig. Sie nutzte die Situation voll aus. Meine große Schwester und ich gingen ihr während ihrer Rekonvaleszenz so weit wie möglich aus dem Weg. Nachdem ihr Arm wieder gesund war, lief alles wieder normal. Aber wir ließen sie nie mehr an unseren Spielen mit dem Ziegenkarren teilhaben.

Heute ist nicht unser Tag

Wir waren mit unserem Boot auf der Heimfahrt von den südlich von Stradbroke gelegenen Inseln. Es war ein kalter Wintertag, und ein steifer Nordwind machte alles noch ungemütlicher. Die weißen Farmer, die diese kleinen Inseln bewohnten, bauten Früchte und Gemüse für den Markt in Brisbane an. Vater fuhr meist einmal im Monat rüber, um unsere Vorräte bei ihnen aufzufrischen. Wir zahlten ungefähr fünf Schillinge für einen Zuckersack voller Früchte oder Gemüse. Diese Farmer waren fast so arm wie unser Aboriginal-Stamm. Wir hatten viele Freunde unter ihnen.

Es war schon witzig, aber Vater wählte für den Gemüseeinkauf immer einen Tag aus, an dem wir Mädchen schon etwas anderes vorhatten. Samstags verließen wir ganz besonders ungern das Haus. Das war der Tag, an dem wir unsere besten Kleider bügelten und uns für den wöchentlichen Filmabend zurechtmachten.

Wir wurden erwachsen, und meine beiden Schwestern und ich fingen an zu realisieren, daß Jungen nicht nur die verrückten, faulen und unverschämten Nervensägen waren, für die wir sie bisher gehalten hatten. Wir tauschten uns aus, welchen Jungen wir am meisten mochten, stets darauf bedacht, daß Vater nicht merkte, worüber wir redeten. Obwohl, wenn ich darüber nachdenke, glaube ich nicht, daß wir Vater täuschen konnten. Ich glaube, er hatte schon vor uns festgestellt, daß wir schnell erwachsen wurden.

An diesem Nachmittag saßen wir im Heck des Bootes: meine große Schwester am Steuer und Vater – wie immer – genau vor der Kajüte, so daß er den Motor beobachten konnte. Er gab selten Befehle, wenn wir im Boot waren, statt dessen hatte er uns beigebracht, Hand- und Kopfsignale zu befolgen. Mein Job bestand darin, ihn ständig zu beobachten und seine Zeichen meiner Schwester an der Ruderpinne weiterzugeben. Unsere kleine Schwester vergrub sich meist in Comic-Heften. Wenn wir wollten, konnten wir uns im Heck ungeniert unterhalten, denn Vater konnte uns wegen des lärmenden Motors nicht hören. Gerade diskutierten wir die Kleiderfrage für den heutigen Filmabend. Meine große Schwester machte sich Sorgen wegen der Zeit. Vater hatte zu lange mit den Farmern geredet, die sich immer auf seine Besuche freuten und gerne hörten, was es Neues bei uns gab. Abgelegen wie sie lebten, hießen sie jeden willkommen, der zu ihnen kam.

Wir hatten nie eine Uhr an Bord, und keiner von uns trug eine Armbanduhr. Vater las die Zeit vom Sonnenstand am Himmel ab. Heute Nachmittag fühlte meine Schwester sich zu erwachsen, um ihn nach der Zeit zu fragen. Sie und Vater hatten sich am Morgen wegen irgendetwas gestritten. Sie beobachtete die Sonne selber, die weit im Westen stand, und entschied, daß es später sein müsse, als wir dachten. Sie bezweifelte, daß wir vor dem Dunkelwerden daheim sein würden.

Ich glaubte nicht einen Moment daran, daß sie die Zeit so gut von der Sonne ablesen konnte wie Vater, aber ich wollte genauso schnell heim wie sie.

Die Ebbe begann, und dann konnte die Wassertiefe einen täuschen. Was wie tiefes Wasser aussah, konnte sich plötzlich als Sandbank entpuppen. Man mußte die ablaufende Flut genau beobachten. Meine Schwester war kein Neuling an der Ruderpinne. Vater hatte uns allen beigebracht, die Ruderpinne zu bedienen und die Sandbänke zu meiden. Heute jedoch wollte sie so schnell wie möglich heim, so daß sie trotz der beginnenden Ebbe eine Abkürzung riskierte. Sie nahm leichtfertig Notiz von der verräterischen, versunkenen Sandbank vor uns, faßte einen plötzlichen Entschluß und entschied sich, sie geradewegs zu überqueren, statt sie zu umrunden. Sie dachte, es sei genug Wasser zwischen der Unterseite des Bootes und der Sandbank.

Vater starrte nach wie vor den Motor an, als das Boot auf die Sandbank auflief. Der Motor spuckte und stolperte, Vater wurde nach vorne geworfen, und der Propeller wühlte dröhnend den Sand auf. Meine Schwester hielt die Pinne umklammert, und Vater sprang zum Motor, um den Rückwärtsgang einzulegen. Er war nicht schnell genug. Der Motor gab seinen Geist auf. Vater kaute auf seinem Schnurrbart, nahm seinen Hut ab, schmiß ihn auf den Boden und blitzte meine Schwester an.

»Was zum Teufel hast du da gemacht?« sagte er, als er in die Kajüte stieg. Meine kleine Schwester und ich sprangen schnell über Bord. Das Wasser war eiskalt, aber irgendwie merkten wir das gar nicht. Wir wußten genau, daß wir das Boot flottkriegen mußten, wollten wir nicht durch die ablaufende Flut die ganze Nacht hier festsitzen. Meine große Schwester rannte zum Bug und schob mit ganzer Kraft, und so gelang es uns, das Boot in tieferes Wasser zu manövrieren. Meine kleine Schwester warf den Anker und gab soviel Leine nach, wie wir an Bord hatten.

Vater umriß unsere Situation. »Jetzt, da der Motor seinen Geist aufgegeben hat, werden wir hier festliegen, wenn es uns nicht gelingt, ihn wieder zu starten«, sagte er. Er schaute zur Sonne und auf die auslaufende Flut und machte seine Kalkulation. »Wir haben noch für ungefähr zwanzig Minuten Wasser unter uns, also findet die vermaledeiten Federn«, befahl er uns.

Wann immer das Boot auf eine Sandbank auflief, sprangen die Federn von den Zylindern. Da wir keinen Ersatz hatten, bedeutete das eine gründliche Suche unter den Bodenbrettern der Kajüte und eventuell sogar das Hochheben der Bretter im Bug und im Heck.

Wir gingen auf die Knie und fingen an zu suchen. Ich schaute zur Ölwanne.

»Sie können doch wohl nicht hier reingefallen sein, oder, Vater?« fragte ich.

»Greif rein, dann wirst du es wissen«, schlug er vor.

Ich schaute in diesen öligen schmutzigen Sumpf und fragte mich, wie ich wohl diesen Dreck von meinen Händen und unter meinen Fingernägeln wegkriegen sollte, bevor wir ins Kino gingen.

Vater bemerkte mein Zögern. »Ihr habt noch fünfzehn Minuten«, stellte er fest.

Ich tauchte meine Hand in die Ölwanne und tastete herum. Die Federn waren nicht dort. Ich trocknete meine Hände an einem schmutzigen Öllumpen ab und begann, den Kajütenboden aufzubrechen. Meine Schwester suchte im Bug.

Wir suchten weitere zehn Minuten, ohne die Federn zu finden. Aber wir schwammen noch. Vater kratzte sich am Kopf, ein Zeichen dafür, daß seine Kalkulation nicht aufgegangen war, ohne daß er einen logischen Grund dafür finden konnte. Diese Federn mußten einfach irgendwo auf dem Boot sein.

Meine kleine Schwester hörte auf, in das ölige Wasser unter den Brettern zu starren und setzte sich auf. »Nach was suchen wir eigentlich?« fragte sie Vater.

Vater verlor fast die Geduld. Er zog seine Hände aus dem öligen Leckwasser und machte für sie eine Zeichnung auf die Bodenbretter. »Federn, die so aussehen«, sagte er. »Es fehlen zwei. Sie müssen hier irgendwo sein. Sie passen hier obendrauf, und ohne sie kommen wir nicht weg.«

»Oh, danach sucht ihr«, sagte sie. »Hier sind sie. Ich habe sie aufgehoben, als wir aufliefen. Ich wußte nicht, daß ihr danach sucht.«

Vater zügelte sein Temperament und seine Zunge. Er langte zu ihr herüber, nahm die Federn und befestigte sie an ihrem Platz. Meine große Schwester und ich legten die Bodenbretter zurück an ihren Platz. Wir sprachen nicht. Manchmal war es besser zu schweigen, wie jetzt zum Beispiel.

Schnell waren wir wieder unterwegs. Meine große Schwester nahm Kurs auf den Kanal und steuerte den langen Weg nach Hause. Ich saß da, betrachtete meine dreckigen Hände und Fingernägel und versuchte, warm zu werden.

Als wir in die Fahrrinne vor unserem Haus einliefen, informierte Vater uns, daß er das Boot nicht reinbringen wolle, sondern im Kanal lassen werde. Er mußte heute nacht nochmal weg. Das hieß, daß wir das vertäute Dinghi benutzen mußten, um ans Ufer zu kommen. Vater übernahm von meiner Schwester die Pinne, wies sie an, auf den Motor aufzupassen, und befahl mir, mich bereitzuhalten, um vom Boot aus in das Dinghi zu springen, sobald wir Bord an Bord lägen.

Wie ich das haßte. Meine Schwestern konnten das viel besser als ich, und Vater wußte das. Offensichtlich wollte er mir trotz meiner Furcht die Kunst des Springens beibringen.

Er signalisierte meiner Schwester, den Motor runterzuschalten und nickte mit dem Kopf in meine Richtung. Meine Schwester war als Maschinist ein bißchen lahm, und für mein Gefühl war das Boot zu schnell für meinen Sprung. Ich erwartete, daß mein Vater das Manöver wiederholen würde und war baß erstaunt, als er das Kommando »Spring«! gab.

Instinktiv gehorchte ich, er wußte das, denn er hatte uns gelehrt, plötzlichen scharfen Kommandos zu gehorchen, ohne zu zögern. Meine Füße landeten im Dinghi, aber mein Körper zielte Richtung Wasser. Ich klammerte mich seitlich am Dinghi fest, meine Füße zeigten in den Himmel und mein Popo hing im eiskalten Wasser. Ich konnte meine Schwestern laut lachen hören, als ich mit einem letzten Rest Würde versuchte, ins Dinghi zurückzuklettern.

Als ich das Dinghi neben das jetzt verankerte Boot brachte, schaute mein Vater ans Ufer, wo meine Mutter im Eingang unseres Hauses stand und unsere Ankunft erwartete. Dann schaute er zu mir.

»Kleine«, sagte er sehr ruhig, geduldig und gelassen, »wenn du das nächste Mal von einem fahrenden Boot in ein ankerndes Dinghi springst, dann versuche in der Richtung des fahrenden Bootes zu springen. Dann wird es dir besser gelingen.«

Ich packte den Ratschlag in eine Gehirnschublade, aber ich bedankte mich nicht. Als wir an Land gingen, erzählte Mutter uns, daß der Filmabend abgesagt worden sei. Der Film-Container war aus Versehen am Kai auf dem Festland vergessen worden. Wir kamen zu dem Schluß, daß heute einfach nicht unser Tag war.

Oodgeroo Noonuccal

Als die englische Königin 1970 nach Australien kam, um die Entdeckung Australiens durch Captain Cook vor 200 Jahren zu feiern, trafen sich die Mitglieder des »Federal Council for the Advancement of Aborigines and Torres Strait Islanders«, deren Landessekretärin Oodgeroo Noonuccal zehn Jahre lang war, zu einem eigenen Gottesdienst. Sie gedachten ihrer toten Stämme und warfen Kränze in die Botany Bay von Sydney. Die Aborigines begingen dieses Ereignis damit auf ihre eigene Art und Weise.

Seit die weißen Invasoren ins Land gekommen waren, starb die Tradition der Aborigines einen langsamen und qualvollen Tod. Ihre Leidensgeschichte liest sich nicht besser als die der Indianer Amerikas. Die unglaublichen Anmaßungen der Weißen, ihr Hochmut und ihre Ignoranz, die zu Morden, Vergiftungen und zur Zerstörung des Landes, vor allen Dingen der heiligen Plätze der Ureinwohner, geführt hatten, werden von Großbritannien noch heute nicht als Schuld anerkannt.

Kath Walker – auf diesen Namen war Oodgeroo Noonuccal am 3. November 1920 getauft worden – hatte bereits in den 60er Jahren als Schriftstellerin begonnen, darauf aufmerksam zu machen, welche existentielle Bedeutung die von den Weißen verbotene und dadurch ins Vergessen geratene Kultur der Aborigines für den Prozeß ihrer Individuation hat. Oodgeroo war die erste literarische Stimme, die sich politisch und künstlerisch für die Interessen ihrer Stammesgenossen einsetzte. Ihre Bücher hatten bei den europäischen Australiern wie auch bei den Aborigines großen Erfolg, und ein Bekannter sagte zu ihr: »Kathy, du mußt eine Stammesschwester der Papierrindenbäume (Oodgeroo) sein, weil du so gut schreiben kannst. Du könntest das nicht ohne ihre Hilfe. Dein richtiger Name muß Oodgeroo sein.«

Oodgeroo Noonuccal erhielt 1970 den Orden des »Member of the Order of the British Empire« für ihre Verdienste um die australische Gesellschaft. Sie war in zahlreichen Aborigines-Institutionen tätig und nahm als Repräsentantin Australiens an internationalen Tagungen teil. Zum 200jährigen Bestehen des Staates Australien im Jahr 1988 gab sie ihren Verdienstorden allerdings unter Protest zurück. Ihre Hoffnung, daß die Parlamente von England und Australien etwas gegen das Ungleichgewicht in der australischen Gesellschaft tun würden, hatten sich nicht erfüllt. Nach wie vor wurde den Aborigines das Zusammenleben mit den Weißen unter deren Bedingungen diktiert. In den Jahren 1989 bis 1993 erhielt die unermüdliche Kämpferin für die Menschenrechte vier Ehrendoktorwürden australischer Universitäten.

Oodgeroo Noonuccal wurde auf der Insel *Minjerribah* – heute Stradbroke Island – geboren. Sie gehörte dem Stamm der Noonuccal an, und ihr Totem war kabool, die Rautenschlange. In den vorliegenden Geschichten wird deutlich, daß ihr Vater versuchte, die sieben Geschwister weitgehend in der alten Stammestradition großzuziehen. Oodgeroo beschreibt den Familienalltag und den täglichen Kampf ums Überleben – die Aborigines wurden von der Landesregierung miserabel bezahlt. Sie erlebte die Diskriminierung ihrer Rasse, die Zerstörung der Kultplätze, die Abschaffung ihrer Sprache und die Politik der Enteignung und Entfremdung hautnah mit. Das Kulturgut der Aborigines zu bewahren und ihre Rechte zu erkämpfen, zu vertreten und zu schützen, war Oodgeroos engagiertes Anliegen, bis sie 1993 starb.

Nach dem Eintreffen in Australien 1788 hatten die Europäer den Kontinent zur terra nullius (unbewohntes Land) erklärt. Erst 1992 wurde diese terra-nullius-Doktrin aufgehoben. Und aufgrund der Landrechtsreform, an der Oodgeroo Noonuccal maßgeblich beteiligt war, wurde den Aborigines erstmals erlaubt, eigenes Land zu erwerben. 1967 war ihnen das Bürgerrecht in ihrem eigenen Land zuerkannt worden.

Die bis heute aktuelle Problematik der Aborigines, eine eigene Identität zu finden, wurde für Oodgeroo Noonuccal zum Lebensthema. Das traditionelle Stammesleben war nicht mehr möglich, und die Werte der modernen westlichen Welt machten für die

Schwarzaustralier keinen Sinn. 1972 zog sich Oodgeroo auf ihre Heimatinsel vor der Küste von Queensland zurück und gründete das Projekt *Moongalba.* Dort brachte sie weißen und schwarzen Kindern die Geschichte der Aborigines, ihre Überlebensstrategien, Mythen und Legenden näher. Sie hoffte, damit ihren großen Traum umzusetzen, daß ein friedliches und sich ergänzendes Zusammenleben zwischen den Ureinwohnern und der weißen Bevölkerung möglich sei. Sie war der Meinung, daß einer vom anderen lernen könne, wenn man jedem seine Ursprünge ließe.

An Oodgeroo Noonuccals engagiertem Lebensweg zeichnet sich der starke Wille dieser Frau ab. Viele Umwege hat sie nehmen müssen, bis sie das verwirklichen konnte, wovon sie träumte: *Moongalba.*

Bereits mit dreizehn Jahren mußte sie von der Schule abgehen, um als Hausangestellte für einen Hungerlohn zu arbeiten und ihre Familie zu unterstützen. Im Krieg ließ sie sich als Telefonistin ausbilden. Später heiratete sie einen Mann, dessen Stamm vom Logan und Albert River kam, und hatte zwei Söhne mit ihm. Die Ehe ging nicht gut, und als sie sich nach zehn Jahren scheiden ließ, mußte sie alleine für die Kinder sorgen. Ein Umschulungskurs für Armeeangehörige ermöglichte ihr eine Ausbildung als Stenotypistin.

Ihre Söhne wuchsen in einem Land auf, das ihnen seit 50.000 Jahren gehörte und in dem sie täglich diskriminiert wurden, in dem nicht gleiches Recht für alle herrschte. Dagegen mußte Oodgeroo angehen, und so begann sie, Gedichte zu schreiben. Der Tenor ihrer Gedichte und Geschichten ist stets der Kampf für eine Gesellschaft, in der sich die Menschen gegenseitig akzeptieren und respektieren. Oodgeroo Noonuccal wurde zur vielbeachteten Stimme ihres Volkes und erhielt für ihr schriftstellerisches Wirken zahlreiche Preise. Sie trat auch als Schauspielerin und im Fernsehen auf. Neben dem Schreiben hatte sie immer gemalt und gezeichnet, aber erst 1986 trat sie mit ihrer ersten Ausstellung an die Öffentlichkeit.

Maria von der Ahé

Inhalt

Die Übersetzung aus dem Englischen wurde mit Mitteln des auswärtigen Amtes unterstützt durch die Gesellschaft zur Förderung der Literatur aus Afrika, Asien und Lateinamerika e.V. in Zusammenarbeit mit dem Institut für Auslandsbeziehungen.

Für vielfältige Hilfe danken wir Heiko Behnisch, Elke Kößling, Ute Schlosser und Gisela Triesch.

Die Originalausgabe erschien unter
dem Titel »Stradbroke Dreamtime«
im Verlag Angus & Robertson, an imprint
of HarperCollins Publishers Pty Limited,
Sydney (Australien)

Zweite Auflage 1998
Umschlaggestaltung: Thomas & Thomas
Design, Heidesheim
Druck: Fuldaer Verlagsanstalt, Fulda
ISBN 3-86142-075-9